おチビがうちにやってきた!

ないしょのサンタさんと消えたオーナメントのナゾ

柴野理奈子・作
福きつね・絵

集英社みらい文庫

もくじ contents

プロローグ ………… 6

1 ないしょのサンタさん ………… 17

2 サンタさんにお願《ねが》いごと ………… 31

3 消《き》えたオーナメント ………… 51

4 許《ゆる》せない！ ………… 60

5 なかよし雪《ゆき》だるま ………… 68

6 あやしい人物《じんぶつ》 ………… 85

7 ないしょのサンタさんの正体《しょうたい》!? ………… 102

8 まさかの同一人物《どういつじんぶつ》 ………… 116

9 雪《ゆき》だるまのひとみ ………… 125

10 目《め》は口《くち》ほどに物《もの》を言《い》う ………… 132

11 罠《わな》 ………… 149

12 作戦《さくせん》 ………… 158

エピローグ ………… 175

キャラクター紹《しょう》介《かい》
character
横《よこ》山《やま》颯《そう》太《た》
勉強《べんきょう》もスポーツもできる。
実《み》咲《さき》の幼《おさな》なじみで
お隣《となり》さん。
春《はる》沢《さわ》実《み》咲《さき》
小《しょう》6。子《こ》ども好《ず》きの
心《こころ》やさしい子《こ》。
ちなつが大《だい》好《す》き!
ちなつ
人《ひと》なつこい3才《さい》の女《おんな》の子《こ》。
なんと“未来《みらい》が見《み》える”
トクベツな力《ちから》が。

story
あらすじ

ちなつちゃんは
“未来《みらい》が見《み》える”
女《おんな》の子《こ》。

わけあって、私《わたし》が
育《そだ》てているの。

もうすぐクリスマス。

幼稚園《ようちえん》で
オーナメントを作《つく》って、
嬉《うれ》しそうにツリーに飾《かざ》った
ちなつちゃんだったけど……

なんと、翌日《よくじつ》、
ツリーからオーナメントが

ごっそり盗《ぬす》まれて
しまって⁉

悲《かな》しむおチビたちを見《み》て、
助《たす》けたい！　そう決《けつ》意《い》した私《わたし》。

颯《そう》太《た》と一緒《いっしょ》に防《ぼう》犯《はん》カメラを
チェックしたけど、
あやしい人《ひと》は見《み》つからなくて……

——でも、
あきらめるには、まだ早《はや》い！

颯《そう》太《た》と力《ちから》を合《あ》わせて
クリスマス会《かい》までに
絶《ぜっ》対《たい》オーナメントを
取《と》り戻《もど》すんだから!!

本文《ほんぶん》を読《よ》んでね♪

プロローグ

「まだかな、まだかな」

ちなつちゃんが熱心《ねっしん》におえかきをしているとなりで、私《わたし》は一人《ひとり》、そわそわしていた。

時計《とけい》を見《み》ると、今《いま》は夕方《ゆうがた》の４時半《じはん》。

おひさま幼稚園《ようちえん》から配《くば》られた紙《かみ》を見《み》てみると、『４時《じ》45分《ふん》ごろからの放送予定《ほうそうよてい》です』って書《か》いてある。

ってことは、ちなつちゃんがテレビにうつるまで、あと約《やく》15分《ふん》か……。

こういう時《とき》の15分《ふん》って、長《なが》いよね!!

楽《たの》しいことをしてる時《とき》の15分《ふん》はあっというまなのに、何《なに》かを待《ま》ってる時《とき》って、たとえ5分《ふん》でも、永遠《えいえん》に感《かん》じられる。

じれったい思《おも》いで時計《とけい》の秒針《びょうしん》をじっと見《み》つめていたら、

「つづいてのトピックスです」

テレビの画面《がめん》がパッと切《き》りかわり、スタジオのアナウンサーの顔《かお》がアップでうつしだされた。

「あっ！　いよいよじゃない!?」

私《わたし》が身《み》を乗《の》りだすと、ちなつちゃんも、おえかきをしている手《て》を止《と》めて、テレビを見《み》た。

「てべり、はじまる？」

「うん！　たぶんね!!」

って、私《わたし》は意気揚々《いきようよう》と答《こた》えたんだけど……。

はじまったのは、ぜんぜんちがうニュースだった。

「駅前《えきまえ》の百貨店《ひゃっかてん》で、『女神《めがみ》のなみだ』と呼《よ》ばれる大粒《おおつぶ》のアレキサンドライトが4点《てん》、盗難《とうなん》にあいました。アレキサンドライトという宝石《ほうせき》は、昼《ひる》はエメラルド、夜《よる》はルビーのように見《み》えるという、光《ひかり》の加減《かげん》によって色《いろ》をかえる、大変《たいへん》めずらしい宝石《ほうせき》で――」

「なあんだ」

ちがうじゃん。

私《わたし》は力《ちから》が抜《ぬ》けて、ふーって息《いき》をつきながら、背《せ》もたれにもたれた。

ちなつちゃんも、

「なあんだ！」

と私《わたし》の真似《まね》をすると、また、おえかきのつづきをはじめた。


ここは、私《わたし》の家《いえ》のリビング。

何《なん》で私《わたし》がさっきからテレビを気《き》にしているかというと、今日《きょう》の夕方《ゆうがた》の情報番組《じょうほうばんぐみ》の中《なか》で、ちなつちゃんが出《で》るからなの！

えっ？　ちなつちゃんなら、この前《まえ》もテレビに出《で》たじゃんって？　あれはたまたま事件《じけん》に巻《ま》きこまれてテレビにうつっただけ。（くわしいことは、『おチビがうちにやってきた！出会《であ》った子《こ》はオドロキの怪力《かいりき》!?　爆破事件《ばくはじけん》を防《ふせ》げ！』を読《よ》んでね！）

でも、今日《きょう》のは、わけがちがうんだから！

「ねえねえ、ちなつちゃん。さっきから熱心《ねっしん》に、何《なに》をかいてるの？」

私《わたし》は、ちなつちゃんの手《て》もとをひょいっとのぞきこんだ。

「どーなつだよ！」

「ドーナツ？」

短《みじか》い毛糸《けいと》がいっぱいちらばっているようにしか見《み》えないけど、これのどこがドーナツなんだろう……？

首《くび》をかしげていると、ママがキッチンからもどってきて、ふふふと笑《わら》った。

「ちなつちゃんはね、最近《さいきん》、文字《もじ》に興味《きょうみ》を持《も》ちはじめたのよ。だから『ち』と『な』と『つ』を教《おし》えてあげたの」

「へー！」

これ、文字《もじ》なんだ！

言《い》われて、よーく見《み》ると、「ち」がひっくりかえって「さ」になってるらしき文字《もじ》が、たくさん見《み》える。

そっか、ちなつちゃんの「ち」を練習《れんしゅう》してるんだね！

「そしたら、『ど』も教《おし》えてほしいって言《い》うから、教《おし》えてあげたのよ」

なるほど、それでドーナツを書《か》いてたってわけね。

ちなつちゃんは、ほんとにドーナツが好《す》きだよね！

「つづいては、地域《ちいき》の幼稚園《ようちえん》や保育園《ほいくえん》を訪問《ほうもん》して紹介《しょうかい》する、大人気《だいにんき》のコーナー、『チビッ子探検隊《こたんけんたい》』です！」

ふと、テレビから、明《あか》るくはずんだ声《こえ》が聞《き》こえてきた。

「はじまった！」

今度《こんど》こそ、間違《まちが》いない！

私《わたし》はリモコンに手《て》を伸《の》ばして音量《おんりょう》を少《すこ》し上《あ》げた。

「今日《きょう》は、ここ、おひさま幼稚園《ようちえん》に来《き》ています！　もうすぐクリスマスですね。おひさま幼稚園《ようちえん》では、毎年《まいとし》、この時季《じき》になると、大《おお》きなクリスマスツリーが出現《しゅつげん》するんですよ！」

ふわふわのえりがついた、あたたかそうなコートを着《き》たレポーターが、『おひさまようちえん』と書《か》かれた看板《かんばん》の前《まえ》に立《た》っている。

「わーい！　なっちゃんのよーちえんだ！」

なじみのある場所《ばしょ》がうつって、ちなつちゃんは立《た》ち上《あ》がって喜《よろこ》んだ。

テレビにうつしだされているのは、おひさま幼稚園《ようちえん》の遊戯室《ゆうぎしつ》。

今月《こんげつ》に入《はい》ってから、おひさま幼稚園《ようちえん》の遊戯室《ゆうぎしつ》には、天井《てんじょう》につっかえそうなほどの大《おお》きなクリスマスツリーが飾《かざ》られているの。

「おひさま幼稚園《ようちえん》では、毎年《まいとし》、クリスマスが近《ちか》づくと、全園児《ぜんえんじ》が手作《てづく》りでオーナメントを作《つく》ります」

「あっ！　えんちょーせんせいだ！」

園長先生《えんちょうせんせい》が、いつもより少《すこ》し緊張《きんちょう》した面持《おもも》ちで、ツリーの前《まえ》に立《た》っている。

「ごらんの通《とお》り、今《いま》はまだ何《なに》も飾《かざ》られていなくて、少《すこ》しさびしいツリーですが、みんなのオーナメントを全部《ぜんぶ》飾《かざ》ると、こーんなににぎやかになるんですよ」

レポーターの人《ひと》がそう言《い》ったのを合図《あいず》に画面《がめん》が切《き》りかわり、去年《きょねん》のクリスマスツリーの映像《えいぞう》がうつった。

「見《み》てください！　とってもにぎやかですね！」

ツリーに飾《かざ》られているオーナメントは、どれも全部《ぜんぶ》、園児《えんじ》たちの手作《てづく》り。色《いろ》とりどりの画用紙《がようし》を思《おも》い思《おも》いの形《かたち》に切《き》って、クレヨンで絵《え》をかいたり折《お》り紙《がみ》を貼《は》ったりしていて、その上《うえ》にさらにスパンコールやモールがいっぱい貼《は》りつけられている。

「このオーナメント、どれもとってもキラキラしていると思《おも》いませんか？　おひさま幼稚《ようち》園《えん》のオーナメントがキラキラしてるのには、理由《りゆう》があるんですよ。ね？」

レポーターの人《ひと》が、園長先生《えんちょうせんせい》にマイクをむけた。

「そうなんです。ツリーがオーナメントでキラキラになったら、それをめじるしに、サンタさんが来《き》てくれるんですよ」

マイクをむけられて、園長先生《えんちょうせんせい》が、ゆっくりと説明《せつめい》した。

「みんなが作《つく》ったオーナメントがめじるしになるんですね！　それならサンタさんも迷《まよ》わずに来《き》てくれそうですね。すてきですね！」

レポーターの人《ひと》が遊戯室《ゆうぎしつ》を出《で》て、園庭《えんてい》に行《い》くと、たくさんの園児《えんじ》たちが遊《あそ》んでいる様子《ようす》がうつった。

この中《なか》に、ちなつちゃん、いるかな？

私《わたし》は身《み》を乗《の》りだして目《め》をこらしたけど、ちなつちゃんを見《み》つけることはできなかった。残念《ざんねん》。

「サンタさんには、みんな、どんなお願《ねが》いをするのかな？」

レポーターの人《ひと》は、お砂場《すなば》に行《い》き、砂遊《すなあそ》びをしている園児《えんじ》たちにマイクをむけた。

「きょうりゅうのおもちゃ！」

「えっとね、ブロック」

「仮面《かめん》ファイターの変身《へんしん》ベルト！」

園児《えんじ》たちは、口々《くちぐち》に、サンタさんに持《も》ってきてもらいたいプレゼントを答《こた》えていく。

「あっ、ちなつちゃんだ！」

レポーターの人《ひと》が、ちなつちゃんにマイクをむけた瞬間《しゅんかん》、私《わたし》はにわかに緊張《きんちょう》した。

大丈夫《だいじょうぶ》かな、ちなつちゃん、おかしなこと言《い》わないかな。

ドキドキドキ……。

手《て》をにぎりしめて、画面《がめん》を食《く》い入《い》るように見《み》つめる私《わたし》。

「えっとね、えっとね、どーなついっぱい、ぱべられますように！　あとね、うーちゃんといっぱいおしゃべりできますように。あとね、あとね、だいちゃんとずっといっちょにいられますように。あとね……」

ちなつちゃん、お願《ねが》いごと多《おお》すぎ!!

みんなは一《ひと》つしかお願《ねが》いごとしてないのに。

「もう、ちなつちゃんったら、欲《よく》ばりなんだから。恥《は》ずかしい!」

思《おも》わず口《くち》にしたら、

「あら、そうかしら」

とママが首《くび》をかしげた。

「おもちゃやゲームをお願《ねが》いする子《こ》が多《おお》い中《なか》、ちなつちゃんは何《なん》にも欲《ほ》しがってないじゃない。ぜんぜん欲《よく》ばりじゃないと思《おも》うけど」

……たしかに。そう言《い》われたら、ママの言《い》うとおりな気《き》がしてきた。

「ぬいぐるみのうーちゃんとおしゃべりしたいとか、犬《いぬ》の大福《だいふく》ちゃんとずっと一緒《いっしょ》にいたいとか……ほんとに心《こころ》がきれいだわ。そんなちなつちゃんが、ママは大好《だいす》きよ。——はい、ドーナツ。食《た》べる?」

チビッ子探検隊
幼稚園に大きなツリー
園児3さい
ドーナツいっぱい食べられますように

ママが、ドーナツをのせたお皿《さら》をおいて、こたつに入《はい》った。

「ぱべる！　なっちゃん、この、いちばんおっきいやつ！　いっちゃらっきまーす！」

ちなつちゃんは私《わたし》のひざの上《うえ》にちょこんと座《すわ》ると、いちばん大《おお》きなドーナツを迷《まよ》わず手《て》にとり、大《おお》きく口《くち》を開《あ》けた。

「ああっ、そのナッツたっぷりのキャラメルのやつ、私《わたし》も食《た》べたかったのに！」

これのどこが無欲《むよく》なんだか！

やれやれ。

あきれていると、
チカッ！

ちなつちゃんの目《め》が緑色《みどりいろ》に光《ひか》った。

「さんたさん、きてくれたね！」

ふふふ。うん。

サンタさん、きっと来《き》てくれるよね！

1 ないしょのサンタさん

私《わたし》、春沢実咲《はるさわみさき》。

ごく平凡《へいぼん》な小学《しょうがく》6年生《ねんせい》。

一緒《いっしょ》にいるのはちなつちゃん。3才《さい》。

ちなつちゃんはトクベツな女《おんな》の子《こ》で、わけあって私《わたし》が育《そだ》ててるの。血《ち》はつながってないけど、大切《たいせつ》な家族《かぞく》だよ。

どうして小学生《しょうがくせい》の私《わたし》が、ちなつちゃんを育《そだ》ててるのか、って？

それはね、今年《ことし》の夏《なつ》、千堂《せんどう》さんっていう男《おとこ》の人《ひと》がちなつちゃんをつれてうちにやってきたのがはじまりなの。

それより少《すこ》し前《まえ》に、ちなつちゃんの家族《かぞく》は、家族旅行《かぞくりょこう》の帰《かえ》りに交通事故《こうつうじこ》に遭《あ》ってしまったらしくて……。助《たす》かったのは、ちなつちゃんただ一人《ひとり》。

ちなつちゃんにはトクベツな事情《じじょう》があるから、施設《しせつ》に預《あず》けるわけにはいかなくて——。

というのも、ちなつちゃんには、生《う》まれつき「未来《みらい》が見《み》える」っていう特殊《とくしゅ》な能力《のうりょく》があるの。

そういえば今日《きょう》も、朝《あさ》ごはんを食《た》べていたら、ちなつちゃんの目《め》がチカッて緑色《みどりいろ》に光《ひか》ったっけ。

能力保有児《のうりょくほゆうじ》が能力《のうりょく》を発動《はつどう》する時《とき》は、それぞれ、三《みっ》つの条件《じょうけん》があるの。

条件《じょうけん》はその子《こ》によってちがうんだけど、ちなつちゃんの場合《ばあい》、

- **光《ひかり》がさしている時《とき》**
- **ドーナツを食《た》べている時《とき》**
- **信頼《しんらい》できる人《ひと》**（私《わたし》のことだよ！）**に触《ふ》れている時《とき》**

の三《みっ》つが条件《じょうけん》なんだ。

今朝《けさ》、ちなつちゃんは、

『**ちゃきちゃんがさんたさん！**』

っていう未来《みらい》を見《み》てた。

これだけを聞《き》いても、何《なん》のことかサッパリわからないよね。

それは、私《わたし》たちも同《おな》じなんだ。

ちなつちゃんが見《み》る未来《みらい》が、いつの未来《みらい》なのかは誰《だれ》にもわからないの。数分後《すうふんご》かもしれないし、数時間後《すうじかんご》かもしれないし、数日後《すうじつご》かもしれない。でも、今《いま》のところ、ちなつちゃんが見《み》た未来《みらい》は、百発百中《ひゃっぱつひゃくちゅう》！

全部現実《ぜんぶげんじつ》になってるんだよ。すごいよね！

それにしても、私《わたし》が――ちゃきちゃんっていうのは、私《わたし》のことなの。実咲《みさき》ってうまく言《い》えなくて、みちゃき↓ちゃき↓ちゃきちゃんってわけ――サンタさんって、ほんと、どういうことなんだろうね。

私《わたし》はいずれサンタさんになるってこと……？

いつ、どうやってサンタさんになるんだろ。

考《かんが》えてみたら、ワクワクしちゃう。

――それはともかく。

ごくごくまれに、ちなつちゃんのように、生《う》まれつき特殊能力《とくしゅのうりょく》を持《も》った子《こ》がいるんだって。

物《もの》を浮《う》かせる能力《のうりょく》や、動物《どうぶつ》の気持《きも》ちがわかる能力《のうりょく》など、その子《こ》たちが持《も》って生《う》まれた能《のう》力《りょく》はさまざま。

ほとんどの場合《ばあい》、成長《せいちょう》するにつれて能力《のうりょく》は自然《しぜん》と消《き》えるみたいなんだけど――いつ、どうして能力《のうりょく》が消《き》えるのか、そもそもなぜこのような子《こ》が生《う》まれるのか、まだ解明《かいめい》されてないことがいっぱいあるみたい。

それを調査《ちょうさ》しているのが、国際秘密情報連盟《こくさいひみつじょうほうれんめい》の特殊能力調査部《とくしゅのうりょくちょうさぶ》。

さっき言《い》った千堂《せんどう》さんっていうのは、調査部《ちょうさぶ》の人《ひと》なの。ちなつちゃんを育《そだ》てられる家族《かぞく》を探《さが》していたところ、家族構成《かぞくこうせい》とかもよく似《に》ているし、我《わ》が家《や》が条件《じょうけん》にぴったりだったんだって。

千堂《せんどう》さんは、私《わたし》がちっちゃい子《こ》を大好《だいす》きってことや、図書館《としょかん》で絵本《えほん》の読《よ》み聞《き》かせのお手《て》伝《つだ》いをしてることとかも知《し》って、選《えら》んでくれたみたい。

ちなつちゃんは、明《あか》るくて人《ひと》なつっこくて、私《わたし》たちはすぐにちなつちゃんのことが大好《だいす》きになった。

ちなつちゃんとすごす毎日《まいにち》は、とってもスリリングで楽《たの》しいの。

ちなつちゃんが来《く》る前《まえ》の生活《せいかつ》がどんなだったか、もう思《おも》い出《だ》せないよ!

＊＊＊

「あの番組《ばんぐみ》が放送《ほうそう》されてから三日《みっか》もたつのに、うちの親《おや》ったら、まだ興奮《こうふん》してて、いまだに録画《ろくが》を何度《なんど》も見《み》てるんだよ」

夕方《ゆうがた》、アスファルトにのびる二《ふた》つの長《なが》いかげをながめながら、私《わたし》は、パパとママの親《おや》バカっぷりを颯太《そうた》に話《はな》した。てっきり颯太《そうた》も私《わたし》と一緒《いっしょ》になって笑《わら》うとばかり思《おも》ってたのに、

「はは。うちも」

って苦笑《にがわら》いするから、びっくりしちゃった。

「おれんとこも、親《おや》が何度《なんど》も見《み》てる。ちなつちゃん、可愛《かわい》いわねえ、なんて言《い》って」

「ええ。颯太《そうた》の親《おや》まで!?」

「あいつ、みんなに愛《あい》されてるよな」

くくく、と颯太《そうた》はのどの奥《おく》で楽《たの》しそうに笑《わら》っている。

私《わたし》たちが通《かよ》う小学校《しょうがっこう》は、今週《こんしゅう》は個人面談《こじんめんだん》ウィーク。

早《はや》めに学校《がっこう》がおわるから、ママじゃなくて私《わたし》がちなつちゃんのお迎《むか》えに行《い》けるんだ。

そしたら颯太《そうた》も一緒《いっしょ》に行《い》くって言《い》って、ついてきた。

颯太《そうた》っていうのは、横山颯太《よこやまそうた》。

颯太《そうた》は、ちなつちゃんの事情《じじょう》を知《し》ってる、数少《かずすく》ない人物《じんぶつ》のうちの一人《ひとり》なんだよ。

となりの家《いえ》に住《す》んでいて、同《おな》じ学年《がくねん》で、なぜかクラスもずっと一緒《いっしょ》なの。いわゆる幼《おさな》じみってやつ。

ちっちゃい時《とき》は、颯太《そうた》ってば忘《わす》れ物《もの》も多《おお》いし、よくおこられてたのに。

いつのまにかしっかり者《もの》になっていて、頭《あたま》もいいし運動《うんどう》も得意《とくい》だし、どうやらイケメンらしいし、気《き》がつくとモテてる。

えっ、あの颯太《そうた》がモテてる!?　ウソでしょ！　って思《おも》ってたけど、なんで颯太《そうた》が人気《にんき》があるのか、最近《さいきん》、ちょっとずつわかってきた気《き》がするんだ。

ほんのちょっとだけだけどね！

＊＊＊

「ちゃきちゃんだ！　わーい、ちゃきちゃーん！」

ひよこ組《ぐみ》の教室《きょうしつ》につくなり、ちなつちゃんが飛《と》びだしてきた。

「みて！　みて！　みて！　なっちゃんのおーなめんと、できたよ！」

「できたの？　すごい！　どれどれ、見《み》せて！」

「ほら！　これ！　じゃじゃーん！」

ちなつちゃんは得意《とくい》げに胸《むね》をそらすと、効果音《こうかおん》をつけて、オーナメントを見《み》せてくれた。

茶色《ちゃいろ》の画用紙《がようし》を丸《まる》く切《き》って、クレヨンで、いろんなもようがかかれている。その上《うえ》にさらに、スパンコールやビーズなど、色《いろ》とりどりのパーツもふんだんに貼《は》りつけられていた。

「どーなつだよ！　からふるなどーなつ！」

「ほんとだね。カラフルなドーナツだね。おいしそう！」

「……でも、ぱべちゃだめだよ？」

あはは！

まさか、本当《ほんとう》に食《た》べるわけじゃないから、心配《しんぱい》しなくていいよ！

「それにしても、すごいね！　このキラキラ、めっちゃキラキラだね！」

「おまえさあ……。もうちょっと語彙力《ごいりょく》ってもんを身《み》につけたらいいと思《おも》う」

颯太《そうた》、うるさい！

「チョコスプレーみたいで、おいしそう」

「でしょ！　これがいちごで、これが、なっつだよ」

ちなつちゃんは、オーナメントのもようを一《ひと》つずつ指《ゆび》さしながら教《おし》えてくれる。

「これは？」

颯太《そうた》が、ピンクのクレヨンで何《なに》やらかいてあるのを指《ゆび》さした。

「それはね、うーちゃんだよ！」

「ドーナツに、うーちゃん？　うさぎのぬいぐるみをトッピングしたのか？」

颯太《そうた》がおかしそうに笑《わら》う。

「うん！　だって、うーちゃん、だいしゅきだもん！」

「いや、まあ、ちなつがうーちゃんのこと大好《だいす》きなのは知《し》ってるけど」

ちなつちゃんがあんまり自信《じしん》まんまんに言《い》うから、颯太《そうた》はもう、それ以上《いじょう》つっこむ気《き》になれなかったみたい。

まったく、颯太《そうた》は頭《あたま》がかたいんだから。

ドーナツにうーちゃんがトッピングされてたって、別《べつ》にいいじゃんね！

「それにしても、このキラキラしたビーズみたいなやつ、きれいだね」

私《わたし》は床《ゆか》にしゃがんで、ちなつちゃんのオーナメントについている、色《いろ》とりどりのパーツを指《ゆび》さした。

「これね、ないしょのさんたさんがくれたの！」

「ないしょのサンタさん？」

すると、それまで他《ほか》の保護者《ほごしゃ》の人《ひと》と話《はな》してた穂積先生《ほづみせんせい》が、私《わたし》たちの方《ほう》に来《き》た。

穂積先生《ほづみせんせい》は、ちなつちゃんたちがいるひよこ組《ぐみ》の担任《たんにん》の先生《せんせい》だよ。

「おかえりなさい、実咲《みさき》ちゃん。颯太《そうた》くん、ひさしぶりだね」

穂積先生《ほづみせんせい》にそう言《い》われて、颯太《そうた》は一瞬《いっしゅん》きょとんとしたけど、すぐに「ああ、そっか」と納得《なっとく》したようにうなずいた。

「穂積先生《ほづみせんせい》のこと、おれはテレビで見《み》たばっかりだから、ぜんぜんひさしぶりな気《き》がしませんでした」

「颯太《そうた》くんも、あの番組《ばんぐみ》を見《み》てくれたんですね」

穂積先生《ほづみせんせい》が顔《かお》をほころばせる。

「見《み》ました。親《おや》たちは、録画《ろくが》したものを今《いま》も毎日何度《まいにちなんど》も見《み》てます」

「ははは。それはうれしいですね。それにしてもテレビの影響力《えいきょうりょく》って、すごいよね。今日《きょう》なんか、テレビを見《み》たっていう人《ひと》からプレゼントが届《とど》いたんですよ」

穂積先生《ほづみせんせい》によると、今朝《けさ》、大《おお》きな箱《はこ》が届《とど》いて、その中《なか》にはビーズやスパンコール、そしてキラキラのプラスチック製《せい》のパーツやボタンなど、オーナメントのデコレーションに使《つか》えそうなものがいっぱい入《はい》ってたんだって。

中《なか》にはメッセージカードも入《はい》ってたらしいの。

テレビで、おひさま幼稚園《ようちえん》のことを見《み》ました。

みんなでキラキラのオーナメントを作《つく》るそうですね。

みんなの笑顔《えがお》がキラキラしていて、見《み》ていて、とても元気《げんき》になりました。

これをぜひ、オーナメント作《づく》りに使《つか》ってください。

「へえ、すごい！　誰《だれ》が送《おく》ってくれたんですか？」

「それがね、差出人《さしだしにん》の名前《なまえ》が書《か》いてなかったんですよ」

トラネコ宅配会社《たくはいがいしゃ》の人《ひと》が届《とど》けてくれたらしいんだけど、伝票《でんぴょう》の差出人《さしだしにん》の欄《らん》は空白《くうはく》だったんだって。

「だから、ないしょのサンタさんがくれたんだね、ってみんなには伝《つた》えたんですよ」

なるほど、ちなつちゃんがさっき「ないしょのさんたさん」って言《い》ったのは、そういうことだったんだね。

「ふーん……。差出人《さしだしにん》の欄《らん》に何《なに》も書《か》いてなくても、荷物《にもつ》って受《う》けつけてもらえるんだっけ……」

颯太《そうた》がまた、何《なに》やら小《こ》むずかしそうなことをつぶやいている。

「これが、その箱《はこ》よ」

ふいに、背後《はいご》から声《こえ》がした。

見《み》ると、ちょうどとおりかかったエリコ先生《せんせい》が、私《わたし》たちのそばで立《た》ち止《ど》まり、両手《りょうて》で抱《かか》えている箱《はこ》を床《ゆか》におろして見《み》せてくれた。

エリコ先生《せんせい》は、私《わたし》のママの友《とも》だちなの。もとはといえば、エリコ先生《せんせい》がおひさま幼稚園《ようちえん》のおためし入園《にゅうえん》のことを教《おし》えてくれたのがきっかけで、ちなつちゃんはここに通《かよ》うようになったんだ。

「わあ！　こんなにいっぱい送《おく》られてきたんですか!?」

エリコ先生《せんせい》が箱《はこ》を開《あ》けてくれると、思《おも》っていた以上《いじょう》にたっぷり入《はい》っているから、びっくりしちゃった。

「まさか。これはほんの一部《いちぶ》よ。これより大《おお》きな箱《はこ》に、ぎっしり詰《つ》まってたんだから」

へー！　そんなにたくさん！

「職員室《しょくいんしつ》にはまだまだたくさん残《のこ》ってましたよ」

「そうなんですね。じゃあ、ひよこ組《ぐみ》さんも残《のこ》りが少《すく》なくなったら、追加《ついか》でもらいに行《い》ってこようかな」

エリコ先生《せんせい》と穂積《ほづみ》先生《せんせい》の話《はなし》を聞《き》いて、

「すごいね。ないしょのサンタさん、そんなにたくさん持《も》ってきてくれたんだね！」

と私《わたし》は感心《かんしん》した。

「ふーん……。そんなに大量《たいりょう》に、匿名《とくめい》で、ね……」

でも、颯太《そうた》ったら、さっきから何《なに》やらぶつぶつ言《い》ってる。

「何《なに》もウラがないといいけどな」

「ウラなんてないよ。ほんと、颯太《そうた》はひねくれてるんだから。人《ひと》の厚意《こうい》は素直《すなお》に受《う》けとらなくっちゃ」

って、この時《とき》は私《わたし》、本気《ほんき》でそう思《おも》ったんだけどなぁ……。

2 サンタさんにお願《ねが》いごと

「飾《かざ》りつけのご協力《きょうりょく》、ありがとうございます。遊《ゆう》戯《ぎ》室《しつ》の中《なか》へは、くつをぬいでおあがりください」

次《つぎ》の日《ひ》、幼《よう》稚《ち》園《えん》にお迎《むか》えに行《い》くと、私《わたし》たちはちなつちゃんを連《つ》れて遊《ゆう》戯《ぎ》室《しつ》に行《い》くよう言《い》われた。遊《ゆう》戯《ぎ》室《しつ》の入《い》り口《ぐち》では、エリコ先《せん》生《せい》がみんなを誘《ゆう》導《どう》している。

子《こ》どもと手《て》をつなぎながら、お迎《むか》えに来《き》た保《ほ》護《ご》者《しゃ》たちが、次《つぎ》々《つぎ》とくつをぬいで遊《ゆう》戯《ぎ》室《しつ》に入《はい》っていく。

私《わたし》も颯《そう》太《た》も、入《い》り口《ぐち》でくつをぬいで、中《なか》に入《はい》った。

「うわっ！　冷《つめ》たっ！」

遊《ゆう》戯《ぎ》室《しつ》の床《ゆか》は、まるで氷《こおり》の板《いた》の上《うえ》を歩《ある》いているかのように冷《つめ》たくて、私《わたし》は思《おも》わず飛《と》び上《あ》がってしまった。

空気《くうき》も冷《ひ》えきっていて、まるで冷蔵庫《れいぞうこ》の中《なか》にいるみたい。

「うー、さっみー！　さっみー！」

颯太《そうた》も、しきりに腕《うで》をさすっている。

「ごめんなさいね、この部屋《へや》の暖房《だんぼう》が、突然《とつぜん》こわれちゃったの」

園長先生《えんちょうせんせい》が近《ちか》づいてきて、申《もう》し訳《わけ》なさそうにあやまってくれたから、私《わたし》はあわててしまった。

「いいんです！　冬《ふゆ》は寒《さむ》くて当《あ》たり前《まえ》です！」

まったく、もう！　颯太《そうた》が大声《おおごえ》で「さっみー！　さっみー！」って連発《れんぱつ》するから、園長《えんちょう》先生《せんせい》を困《こま》らせてしまったじゃない！

「修理《しゅうり》をお願《ねが》いしてるんだけど、どこも人手不足《ひとでぶそく》みたいで、すぐには来《き》てもらえないの」

かたっぱしから電話《でんわ》をかけてるけど、いちばん早《はや》くて一週間後《いっしゅうかんご》って言《い》われたんだって。

「修理《しゅうり》してくれる業者《ぎょうしゃ》さんを何《なん》とか探《さが》して、クリスマス会《かい》までにはなおしてもらうようにするから、今日《きょう》はすこーしがまんしてね。ごめんなさいね」

「いいえ、大丈夫《だいじょうぶ》です！　こうやって動《うご》いてたら、あったかくなってきました！」

私《わたし》はぐるぐると腕《うで》を回《まわ》して、体《からだ》をあたためているアピールをした。

「それならよかった。でも寒《さむ》くなったら言《い》ってちょうだいね」

園長先生《えんちょうせんせい》はにっこり笑《わら》うと、他《ほか》の人《ひと》にも声《こえ》をかけに行《い》った。

園長先生《えんちょうせんせい》がいなくなると、私《わたし》はそっとちなつちゃんにたずねた。

「ちなつちゃんは大丈夫《だいじょうぶ》？　寒《さむ》くない？」

「だいじょぶ！　さむくないよ！」

「それならよかった。じゃあ、これ、どこに飾《かざ》ろうか」

私《わたし》はちなつちゃんのとなりにしゃがみ、一緒《いっしょ》にツリーを見上《みあ》げた。

「うーん、うーん、どこがいいかな……」

ちなつちゃんもツリーを見上《みあ》げて、しんけんに悩《なや》んでいる。

その間《あいだ》にも、遊戯室《ゆうぎしつ》には、どんどん親子連《おやこづ》れが入《はい》ってくる。

「どこにかざれば、さんたさんによくみえるかな」

ちなつちゃんと同《おな》じように、ずっと立《た》ち止《ど》まったまましんけんに悩《なや》んでいる子《こ》。

遊戯室《ゆうぎしつ》に入《はい》ってくるなり、すぐに枝《えだ》にひもをひっかけて、帰《かえ》っていく子《こ》。

お友《とも》だちと一緒《いっしょ》に「せーの！」って言《い》いながら飾《かざ》る子《こ》。

オーナメントをツリーに飾《かざ》るっていう、ただそれだけのことなのに、一人一人《ひとりひとり》個性《こせい》があっておもしろい。

「ねえ、ぱぱ！　いっちばんたかいところにかけて！」

そう言《い》って、パパに抱《だ》っこしてもらって、いちばん上《うえ》の枝《えだ》に飾《かざ》っている子《こ》を見《み》て、

「ちなつちゃんも、上《うえ》の方《ほう》に飾《かざ》りたい？」

私《わたし》も抱《だ》っこする気《き》まんまんで、腕《うで》まくりをしたけど、ちなつちゃんは小《ちい》さく首《くび》を横《よこ》にふった。

「うえじゃなくて、いい。うーん、どこにちようかな……。どこがいいかな……」

ちなつちゃんは、ドーナツのオーナメントをしっかりとにぎりしめて、どの枝《えだ》に飾《かざ》るか一生懸命《いっしょうけんめい》考えている。

颯太《そうた》は私《わたし》たちのとなりで、だまって腕《うで》をさすりながら、しんぼうづよく待《ま》っていた。

「何《なん》か、意外《いがい》」

私《わたし》は颯太《そうた》をふりむいた。

「何《なに》が？」

「颯太《そうた》なら、『どこに飾《かざ》っても同《おな》じだろ』とか言《い》うのかと思《おも》った」

「まあ、そりゃ、そう思《おも》うけど。ちなつたちにとっては、一大事《いちだいじ》だし。納得《なっとく》のいくところに飾《かざ》ればいいいんじゃね？」

「そうだね！」

どこに飾《かざ》っても同《おな》じだけど、この子《こ》たちが自分《じぶん》で選《えら》んだ場所《ばしょ》に飾《かざ》れたってことが大事《だいじ》だよね！

「寒《さむ》いから早《はや》くしてほしいけどな」

口《くち》ではそう言《い》うけど、颯太《そうた》はきっと、ちなつちゃんがこのあとどれだけ時間《じかん》をかけたとしても、文句《もんく》を言《い》わずに待《ま》ってあげるんだろうな。

颯太《そうた》のこういうところ、わかりづらいけど、やさしいんだよね。

ちなつちゃんが悩《なや》んでいる間《あいだ》にも、ツリーには、どんどんオーナメントが飾《かざ》られていく。

どの子《こ》のオーナメントも、色《いろ》とりどりで、例《れい》のないしょのサンタさんがくれたキラキラのパーツがふんだんに使《つか》われている。

深緑一色《ふかみどりいっしょく》だったツリーが、みるみるうちにカラフルになってきた。

「実咲《みさき》ちゃん？　それに、颯太《そうた》くんも。こんにちは」

声《こえ》をかけられて、ふりむくと、スミレちゃんのママだった。

「こんにちは！」

スミレちゃんは、ちなつちゃんのお友《とも》だちで、最近《さいきん》おひさま幼稚園《ようちえん》に通《かよ》いはじめたの。

ちなつちゃんと同《おな》じ、ひよこ組《ぐみ》さんだよ。

スミレちゃんも、能力保有児《のうりょくほゆうじ》なんだ。

見《み》た目《め》は小《ちい》さくて可愛《かわい》いけど、能力《のうりょく》が発動《はつどう》すると、怪力《かいりき》で、どんな重《おも》いものでもひょいって持《も》ち上《あ》げちゃうの！

すごいよね！

「ねえねえ、なっちゃん！　いっしょにかざろー！」

「わーい、すみれちゃん！　いっちょにかざろー！」

スミレちゃんはちなつちゃんのもとにかけより、二人《ふたり》は「どこにする？」「どこがいいかなー？」と、相談《そうだん》をはじめてる。

「ちなつちゃんのオーナメントはドーナツなのね。ちなつちゃんらしくて、可愛《かわい》い」

スミレちゃんのママが、ふふふと笑《わら》った。

「スミレちゃんのオーナメントは、桃《もも》なんですよね。ちなつちゃんが言《い》ってました。桃《もも》が好《す》きなんですか？」

するとスミレちゃんのママが、困《こま》ったように小首《こくび》をかしげた。

「食《た》べたことがないからわからないの。スミレはね、桃《もも》のアレルギーなのよ」

「えっ……」

思《おも》ってもみなかった話《はなし》に、私《わたし》は、なんて反応《はんのう》したらいいのかわからなかった。

スミレちゃんは、桃《もも》とキウイが食《た》べられないんだって。

「でも、桃《もも》って、本《ほん》とかによく出《で》てくるでしょう？　すごくおいしそうで、見《み》た目《め》も可愛《かわい》くて。いつか食《た》べられますように、っていう願《ねが》いをこめて、あのオーナメントにしたみたい」

そうだったんだ……。

「このオーナメントには、みんな、お願《ねが》いごとをこめてるんでしょう？」

「えっ、そうなんですか？」

そんな話《はなし》、私《わたし》はちなつちゃんから聞《き》いてない。

「そうみたい。字《じ》が書《か》ける子《こ》は、オーナメントの裏《うら》に字《じ》でお願《ねが》いごとを書《か》いてるんだって。スミレはまだ文字《もじ》が書《か》けないから、桃《もも》のオーナメントを作《つく》ったのって言《い》ってた」

そんなこと、ぜんぜん知《し》らなかった。

3才《さい》って、ちっちゃくて可愛《かわい》くて、でもそれだけじゃなくて。私《わたし》が思《おも》うよりもずっと、いろんなことを感《かん》じて、考《かんが》えてるんだなぁ。

「このえだが、ぜんぶきらきらになったら、さんたさん、くるんだよね？」

スミレちゃんが、大《おお》きなツリーを、背中《せなか》をそらせて見上《みあ》げる。

「うん！　ちゅりーがね、きらきらになったらね、それをめじるしにして、さんたさんがくるんだよ！」

ちなつちゃんも、つまさき立《だ》ちをして、ツリーを見上《みあ》げている。

「きめた！　なっちゃん、ここにする！」

「うん！　ここにしよう！」

やっと、どの枝《えだ》にオーナメントをかけるか、決《き》まったみたい。

ちなつちゃんとスミレちゃんは、思《おも》いっきり背伸《せの》びをして、自分《じぶん》の背《せ》より少《すこ》し高《たか》いところにひっかけた。

二人《ふたり》はしばらくいろんな角度《かくど》からながめて、ご満悦《まんえつ》。

「ちゃきちゃん、みて、みて！　なっちゃんのおーなめんと、ここにしたよ！」

「うん。いいところを見《み》つけたね。きっとサンタさんも見《み》てくれるね！」

私《わたし》は床《ゆか》にひざをついてしゃがみ、ちなつちゃんの頭《あたま》をぽんぽんとなでた。

「きらきら、いっぱいだね！　さんたさん、くるよね！」

「うん！　こんなにキラキラなんだもん、サンタさん、これなら絶対《ぜったい》に迷《まよ》わないね」

私《わたし》はちなつちゃんの腰《こし》に腕《うで》を回《まわ》して、ぎゅっと抱《だ》きしめ、ツリーを見上《みあ》げた。

ツリーには、みんなの思《おも》いがこもったオーナメントがキラキラと輝《かがや》いていた。

＊＊＊

無事飾《ぶじかざ》りつけをおえて、私《わたし》と颯太《そうた》は、ちなつちゃんをはさんで三人《にん》で手《て》をつなぎながら、おひさま幼稚園《ようちえん》をあとにした。

「それにしても、スミレちゃんの桃《もも》のオーナメントに、あんな願《ねが》いがこめられてたとはね……」

誰《だれ》にともなくつぶやくと、

「そういえば、ちなのすけは、あのオーナメントにどういう願《ねが》いをこめたんだ？」

颯太《そうた》が思《おも》い出《だ》したように、ちなつちゃんにたずねた。

するとちなつちゃんは、颯太《そうた》を見上《みあ》げると、照《て》れくさそうに首《くび》をすくめて、言《い》ったの。

「ないしょ！」

「え！」

それを聞《き》いて、私《わたし》はびっくり。

ちなつちゃんが、そんな大人《おとな》びたこと言《い》うなんて。

「だってね、さとちくんがいってた！　ほんとにかなえたいねがいごとは、いっちゃだめなんだって」

「「へー」」

私《わたし》と颯太《そうた》は同時《どうじ》に感心《かんしん》した。

さとしくんっていうのは、年長《ねんちょう》の男《おとこ》の子《こ》。

さすが、大人《おとな》びたことを言《い》うなぁ。

「そっか。じゃあ、ちなつは、ほんとにかなえたい願《ねが》いごとを、あのオーナメントにこめたんだな」

颯太《そうた》がちなつちゃんを見《み》て、やさしくほほえんだ。

「うん!」

ちなつちゃんによると、お願《ねが》いごとを、オーナメントの裏《うら》に文字《もじ》で書《か》いたらしい。

知《し》らなかった!

「へー、ちなのすけは、もう文字《もじ》が書《か》けるのか」

「最近《さいきん》、文字《もじ》を少《すこ》しずつ覚《おぼ》えはじめてるんだって。ママが言《い》ってた」

ちなつちゃんのオーナメント、表《おもて》のキラキラなデコレーションはじっくり見《み》たけど、裏《うら》側《がわ》までは見《み》なかったなあ。

見《み》ればよかったな。

と思《おも》う反面《はんめん》、ないしょにしておきたいみたいだし、見《み》なくてよかった、とも思《おも》う。

すると、ちなつちゃんは、突然《とつぜん》、私《わたし》たちとつないでいた手《て》をはなした。

「みて！　きょう、ほづみせんせいが、けんけんぱっておしえてくれたんだよ！」

けん、けん、ぱっ！　と声《こえ》に出《だ》して叫《さけ》びながら、ちなつちゃんはぴょんぴょん飛《と》びはねて、

「なっちゃん、じょーずでしょ！」

と大声《おおごえ》で言《い》いながらぴょんぴょん飛《と》んでいく。

字《じ》を書《か》けるようになったなんて、大《おお》きくなったなぁ……と思《おも》っていたけど、こういう無《む》邪気《じゃき》なところはあいかわらずだ。

ちなつちゃんが楽《たの》しそうにぴょこぴょこと飛《と》びはねている様子《ようす》を、数歩《すうほ》うしろから、私《わたし》と颯太《そうた》はながめていた。

「ああ言《い》ってたけどさ、結局《けっきょく》は、ドーナツいっぱい食《た》べられますようにとか、そういう願《ねが》

いごとなんだろうな」

「あはは。きっとそうだよね！」

私《わたし》と颯太《そうた》がくすくす笑《わら》っていると、

「けーんけーん……ぱっ！　ほら！　みて！　なっちゃん、じょーずにけんけんぱしてるよ！」

ちなつちゃんが振《ふ》りむき、私《わたし》たちの方《ほう》を見《み》ながら、うしろむきにぴょんぴょん飛《と》びはねていく。

「うん、上手《じょうず》、上手《じょうず》！　でも、ちゃんと前《まえ》を見《み》ないとあぶな……あっ！」

どんっ。

ほーら、言《い》わんこっちゃない。

ちなつちゃんは、角《かど》を曲《ま》がってきた人《ひと》とぶつかってしまった。

「おっと、ごめん！」

相手《あいて》の人《ひと》の、低《ひく》くて野太《のぶと》い声《こえ》も、同時《どうじ》に聞《き》こえた。

「すみません！」

私《わたし》はちなつちゃんにかけより、ぶつかった人《ひと》にぺこりと頭《あたま》をさげた。

あれ？

ぶつかったのは、女《おんな》の人《ひと》だったんだ。

さっきの声《こえ》が男《おとこ》の人《ひと》の声《こえ》のように聞《き》こえたけど、目《め》の前《まえ》でちなつちゃんにあやまっているのが、きれいな女《おんな》の人《ひと》で、私《わたし》は内心《ないしん》びっくりしていた。

ちなつちゃんとぶつかった人《ひと》は、派手《はで》なメイクをしていて、明《あか》るく染《そ》めた髪《かみ》は、肩《かた》につくぐらいの長《なが》さにきれいに切《き》りそろえられている。

女《おんな》の人《ひと》は、かがんでちなつちゃんに手《て》を伸《の》ばした。

腕《うで》まくりをしていて、手首《てくび》には、赤《あか》と緑《みどり》で編《あ》んだミサンガがゆれている。

クリスマスカラーだ！

おしゃれ！

ちなつちゃんがその人《ひと》の手《て》をつかんで立《た》ち上《あ》がると、その女《おんな》の人《ひと》も、ゆっくりと立《た》ち上《あ》がった。

うわあ、背《せ》が高《たか》い！

それに、少《すこ》しだぼっとした作業服《さぎょうふく》を着《き》てるんだけど、それでもわかるぐらい、手足《てあし》が長《なが》い。

「ごっちんした！　ごめんちゃない」

ちなつちゃんがぺこっと頭《あたま》をさげると、女《おんな》の人《ひと》はほほえみ、うなずいた。

するとすぐうしろから男《おとこ》の人《ひと》がやってきて、ちなつちゃんと女《おんな》の人《ひと》との間《あいだ》に入《はい》った。

この人《ひと》も、女《おんな》の人《ひと》と同《おな》じ、だぼっとした作業着《さぎょうぎ》を着《き》ている。

「あれ？　きみ、テレビに出《で》てた子《こ》だよね？　おひさま幼稚園《ようちえん》に通《かよ》ってるの？」

男《おとこ》の人《ひと》が、ちなつちゃんを見《み》てたずねる。

「うん！」

ちなつちゃんが元気《げんき》よく答《こた》えるそばで、私《わたし》は内心《ないしん》、驚《おどろ》いていた。

こんなところでまでテレビ……！

テレビの影響力《えいきょうりょく》って、すごいなぁ。

「オーナメントの飾《かざ》りつけって、もうおわったの？」

「おわったこもいるし、おわってないこもいるよ」

ちなつちゃんが答《こた》えると、

「あいつ、妙《みょう》なところで正確《せいかく》だよな」

と颯太《そうた》がくくくと笑《わら》った。

「なっちゃんね、いま、かざってきたよ。こうやって！」

ちなつちゃんが、少《すこ》し背《せ》のびをして、オーナメントをツリーにかける動作《どうさ》をする。

それだけを見《み》せられても、伝《つた》わらないから！

「そっか、もう飾《かざ》りつけてるのか。……飾《かざ》りつけるのって、時間《じかん》かかるの？」

男《おとこ》の人《ひと》が私《わたし》を振《ふ》りむいた。

「えっと、速《はや》い子《こ》は速《はや》いと思《おも》います！　でも、ちなつちゃんは、どこに飾《かざ》るかなかなか決《き》められなくて、ずいぶん悩《なや》んでました。悩《なや》んでたかいあっていいところが見《み》つかって、よかったよね！」

私《わたし》が言《い》うと、

「うん！　いいところ、みちゅけた！」

と、ちなつちゃんも満面《まんめん》の笑《え》みを浮《う》かべる。

「寒《さむ》かっただろうに、文句言《もんくい》わず待《ま》っててくれて、いいお姉《ねえ》ちゃんとお兄《にい》ちゃんだな」

男《おとこ》の人《ひと》が言《い》うと、女《おんな》の人《ひと》もにっこりうなずき、ちなつちゃんの頭《あたま》をぽんぽんとなでた。

女《おんな》の人《ひと》の手《て》は大《おお》きくて、ちなつちゃんの頭《あたま》が包《つつ》み込《こ》まれちゃいそう。

「じゃあ、そろそろ行《い》こっか」

「おにーさん、おねーさん、ばいばーい！」

私《わたし》がうながすと、ちなつちゃんは二人《ふたり》に手《て》をふり、歩《ある》きだした。

「ばいばーい！　ちゃんと前見《まえみ》て歩《ある》けよー！」

男《おとこ》の人《ひと》が陽気《ようき》に手《て》をふるとなりで、

「ははっ。バイバイ！」

女《おんな》の人《ひと》も楽《たの》しそうに手《て》をふった。やっぱり、低《ひく》くて野太《のぶと》い声《こえ》だった。

「あのお兄《にい》さん、陽気《ようき》な人《ひと》だったね」

いわゆる陽《よう》キャって、ああいう人《ひと》のことを言《い》うんだろうな。

「女《おんな》の人《ひと》、いかつい声《こえ》だったな」

ちょっと、颯太《そうた》ったら。

「失礼《しつれい》だよ！　そういう声《こえ》の女《おんな》の人《ひと》だって、いくらでもいるじゃない」

「そうだけど。袖《そで》をまくってるわりにはマフラーしてるし、暑《あつ》がりか寒《さむ》がりかどっちなんだよ、みたいな」

言《い》われてみれば、たしかに、袖《そで》をまくっていて暑《あつ》がりっぽいのに、首《くび》もとにはしっかりマフラーを巻《ま》いてたけど……。

首《くび》もとがスースーすると、寒《さむ》いからじゃない？

私《わたし》は別《べつ》に、そこになんら違和感《いわかん》を抱《いだ》かなかった。

「けーん、けーん、ぱっ！」

のどもとすぎれば何《なん》とやら。

さっきぶつかったことをもう忘《わす》れたのか、ちなつちゃんがまたぴょんぴょん飛《と》びはねだしたから、

「こらこら、ちなつちゃん。私《わたし》と手《て》をつなご」

私《わたし》はむりやりちなつちゃんの手《て》をとり、歩《ある》きだした。

「何《なに》かが引《ひ》っかかるんだよなぁ……」

そのとなりで、颯太《そうた》は、何《なに》やら含《ふく》みのある声《こえ》でつぶやいていた。

3 消《き》えたオーナメント

次《つぎ》の日《ひ》は土曜日《どようび》で、私《わたし》は朝《あさ》からちなつちゃんと手《て》をつなぎ、おひさま幼稚園《ようちえん》にむかった。

おひさま幼稚園《ようちえん》では、土曜日《どようび》にサタデーキッズ教室《きょうしつ》というのがあって、遊戯室《ゆうぎしつ》で体操教室《たいそうきょうしつ》やリトミック教室《きょうしつ》などが行《おこな》われるの。

これは事前申込制《じぜんもうしこみせい》で、参加《さんか》したい子《こ》だけが参加《さんか》できるんだけど、どの教室《きょうしつ》も人気《にんき》が高《たか》くて、すぐに定員《ていいん》いっぱいになっちゃうんだよ。

今週《こんしゅう》のサタデーキッズ教室《きょうしつ》は、マット運動《うんどう》。

体《からだ》を動《うご》かすのが大好《だいす》きなちなつちゃんは、チラシを見《み》た時《とき》から「これにいきたい！」って言《い》うから、ママがはりきって、受付開始《うけつけかいし》と同時《どうじ》に申《もう》しこんでた。

おかげで行《い》けることになって、ちなつちゃんは前《まえ》からすごく楽《たの》しみにしてたの。

「おはよーごじます！」

「エリコ先生《せんせい》、おはようございます」

遊戯室《ゆうぎしつ》につくと、ちょうどエリコ先生《せんせい》が鍵《かぎ》を開《あ》けようとしているところだった。

「おはよう、ちなつちゃん、実咲《みさき》ちゃん。今鍵《いまかぎ》を開《あ》けるから待《ま》っててね」

はりきりすぎて、私《わたし》たちは一番乗《いちばんの》りだったみたい。

「はい、お待《ま》たせ」

エリコ先生《せんせい》がドアを開《あ》けてくれると、ちなつちゃんはくつをぬぎ、元気《げんき》よく中《なか》に入《はい》っていった。

こらこら、ちなつちゃん。

ぬいだおくつはちゃんとそろえようね。

……なんて心《こころ》の中《なか》で苦笑《くしょう》しながら、ちなつちゃんのくつをそろえていたら――。

「うわぁぁぁん！」

遊戯室《ゆうぎしつ》の中《なか》から、ちなつちゃんの泣《な》き声《ごえ》が聞《き》こえてきた。

ええっ！

どうしたの？

何《なに》があったの！

私《わたし》はくつどころじゃなくなって、あわてて遊戯室《ゆうぎしつ》にかけこんだ。

「ちなつちゃん、大丈夫《だいじょうぶ》!?」

ちなつちゃんは、床《ゆか》にぺたんと座《すわ》りこみ、声《こえ》をあげて泣《な》きじゃくっていた。

私《わたし》はちなつちゃんにかけより、ぎゅっと抱《だ》きしめた。

ちなつちゃんのそばで、エリコ先生《せんせい》も、手《て》に持《も》っていた荷物《にもつ》をぼとっと床《ゆか》に落《お》として、一点《いってん》を見《み》つめ、ぼうぜんと立《た》ちつくしている。

ただならぬ様子《ようす》に、私《わたし》はおそるおそる、二人《ふたり》が見《み》ている方《ほう》をふりむいて——。

「ええっ!?」

思《おも》わずのけぞって、大声《おおごえ》をあげてしまった。

だって、だって……！

ツリーから、オーナメントが、全部消《ぜんぶき》えてる……！

ど、どういうこと!?

昨日《きのう》はあんなにオーナメントがすきまなくびっしり飾《かざ》られていて、枝《えだ》が見《み》えないぐらいだったのに。

今《いま》、目《め》の前《まえ》にあるツリーは、すべてのオーナメントがなくなっていて、深緑《ふかみどり》の枝《えだ》をむきだしにしたツリーが、さびしく立《た》っているだけだった。

「どうちて……」

ちなつちゃんが、しゃくりあげながら、悲《かな》しそうにつぶやく。

「他《ほか》の先生《せんせい》がたに報告《ほうこく》してこなくちゃ……!」

エリコ先生《せんせい》はそう叫《さけ》ぶと、外《そと》に出《で》て、バタバタと足音《あしおと》を立《た》てて走《はし》り去《さ》った。

先生《せんせい》と入《い》れ替《か》わるようにして、他《ほか》の園児《えんじ》や保護者《ほごしゃ》が入《はい》ってくる。

みんな、遊戯室《ゆうぎしつ》に入《はい》るなり、ツリーを見《み》て異変《いへん》に気《き》づいた。

「オーナメントがない! 何《なん》で!?」

「どうしてこんなことに……?」

ちなつちゃんと同《おな》じように、泣《な》きわめく子《こ》。

目《め》を丸《まる》くして、言葉《ことば》をなくして立《た》ち尽《つ》くす子《こ》。

おこり、怒鳴《どな》り、暴《あば》れる子《こ》。

反応《はんのう》はさまざまだったけど、どの子《こ》もみんな、オーナメントがなくなって悲《かな》しんでいる。

そうだよね、一生懸命《いっしょうけんめい》作《つく》って、ワクワクしながら飾《かざ》りつけたのに、それが全部《ぜんぶ》なくなってたら、悲《かな》しいよね。許《ゆる》せないよね。

泣《な》きじゃくるおチビたちの姿《すがた》を見《み》て、私《わたし》は胸《むね》が痛《いた》くなった。

エリコ先生《せんせい》の報告《ほうこく》を受《う》けて、他《ほか》の先生《せんせい》たちがかけこんできた。

「まさか……！」

「まぁ、何《なん》てこと……っ！」

すっぱだかになったツリーを見《み》て、先生《せんせい》がたは口々《くちぐち》に驚《おどろ》きをあらわにしている。

「どうしてこんなことになっているんですか？」

「誰《だれ》かが持《も》っていったんですか？」

「セキュリティはどうなっていたんですか」

中《なか》には、きびしい口調《くちょう》で先生《せんせい》がたを問《と》い詰《つ》めるパパやママたちもいた。

「皆《みな》さん、落《お》ちついてください。今《いま》、私《わたし》たちも状況《じょうきょう》を把握《はあく》したところです。どうやら、夜《よる》の間《あいだ》に誰《だれ》かがツリーのオーナメントを全《すべ》て持《も》ち去《さ》ったようです。まだくわしいことはわかっておらず、私《わたし》たち職員《しょくいん》も混乱《こんらん》しているところですが、これから調査《ちょうさ》し、何《なに》かわかり次《し》第《だい》随時《ずいじ》ご報告《ほうこく》いたします。本日《ほんじつ》の体操教室《たいそうきょうしつ》ですが、きゅうきょ、場所《ばしょ》を変《か》えて……」

ざわついた雰囲気《ふんいき》の中《なか》、園長先生《えんちょうせんせい》が落《お》ちついた声《こえ》で、今日《きょう》の体操教室《たいそうきょうしつ》を年長児《ねんちょうじ》クラスのぱんだ組《ぐみ》の教室《きょうしつ》で行《おこな》うこと、準備《じゅんび》に少《すこ》し時間《じかん》がかかることなどを告《つ》げた。

ぱんだ組《ぐみ》の教室《きょうしつ》は、遊戯室《ゆうぎしつ》と背中合《せなかあ》わせの教室《きょうしつ》で、他《ほか》の教室《きょうしつ》よりも広《ひろ》いの。そこだとマット運動《うんどう》もできるみたい。

保護者《ほごしゃ》たちは不安《ふあん》そうな表情《ひょうじょう》を浮《う》かべながらも、園長先生《えんちょうせんせい》に指示《しじ》された通《とお》り、子《こ》どもと手《て》をつなぎ、ぱんだ組《ぐみ》の教室《きょうしつ》へと移動《いどう》をはじめた。

でも、ちなつちゃんはまだショックが抜《ぬ》けないようで、床《ゆか》に座《すわ》りこんだまま、大《おお》きな瞳《ひとみ》を悲《かな》しそうにうるませて、ツリーを見上《みあ》げている。

私《わたし》は、ちなつちゃんをせかすことができなくて、ぎゅっと手《て》をにぎった。

「ねえねえ、ちゃきちゃん」

泣《な》きすぎて声《こえ》がかれたのか、ちなつちゃんが、かすれた声《こえ》でささやく。

「ん？　なあに？」

「おーなめんと、どこにいっちゃったの？」

「どこに行《い》っちゃったんだろうね。先生《せんせい》たちが捜《さが》してくれるって」

「みちゅかるかな」

「うん。見《み》つかるといいね」

「ちゅりー、きらきらしないと、さんたさん、みちにまよっちゃうよ」

「うん。そうだよね。サンタさんが道《みち》に迷《まよ》ったら困《こま》っちゃうよね。大丈夫《だいじょうぶ》。先生《せんせい》たちがきっと見《み》つけてくれるよ」

私《わたし》は声《こえ》を落《お》ちつけ、ちなつちゃんに再《ふたた》び言《い》った。

でも、その言葉《ことば》がどれだけ届《とど》いたかはわからない。

きっと見《み》つけてくれるよ、なんて。

見《み》つかる保証《ほしょう》なんて、まるでないのに。

そんなの、気休《きやす》めにすぎないってわかってるのに。

私《わたし》は、祈《いの》らずにいられなかった。

――神様《かみさま》、仏様《ほとけさま》、サンタ様《さま》。

どうか、どうか、オーナメントが元通《もとどお》り、ツリーにもどりますように。

私《わたし》はちなつちゃんをぎゅっと抱《だ》きしめながら、オーナメントのない、からっぽで寒々《さむざむ》しいツリーを、何《なに》もできずにただじっと見《み》つめた。

4 許《ゆる》せない！

胸《むね》ヲツク……目《め》ハ口《くち》ホドニモノヲイウ……耳《みみ》ヲウタガウ……。

その日《ひ》、私《わたし》は部屋《へや》で宿題《しゅくだい》をしていても、まるで集中《しゅうちゅう》できなかった。

目《め》がプリントの文字《もじ》を上滑《うわすべ》りするばかりで、何《なん》にも頭《あたま》に入《はい》ってこない。

月曜日《げつようび》に慣用句《かんようく》の小《しょう》テストがあるから、このプリントの内容《ないよう》を覚《おぼ》えていかなくちゃいけないのに。

なくなってしまったオーナメントのことが気《き》になって、ぜんぜん集中《しゅうちゅう》できないよ。

「えーん、えーん」

「たいへん！　ゆうちゃんがえんえんしてる。ゆうちゃん、どうちたの？　おまわりさーん、こっちにきてくださーい。ゆうちゃんが、えんえんしてまーす！」

ちなつちゃんは、さっきから楽《たの》しそうにおままごとをしてる。

今朝《けさ》、オーナメントがなくなって、あんなに泣《な》いてたのがウソみたい。

もう、オーナメントのことは忘《わす》れちゃったのかな……。

それはそれでちょっとさびしいような、でもちなつちゃんが悲《かな》しんでないならほっとしたような、ふくざつな気持《きも》ちで、私《わたし》はプリントを書《か》きうつす手《て》を止《と》めて、ちなつちゃんのおままごとの様子《ようす》をながめた。

「やあ、ゆうちゃん。どうちたんだい？」

ちなつちゃんが、低《ひく》い声色《こわいろ》を使《つか》って、うーちゃんを登場《とうじょう》させた。どうやらうーちゃんがおまわりさん役《やく》みたい。

「おまわりさん！　あのね、だいじなおはながね、みちゅからないの」

ゆうちゃんが、おまわりさん役《やく》のうーちゃんに、わけを話《はな》している。

「みんなできれいにかざったのに、なくなっちゃったの」

「それはかなちいね。いまからさがしにいこうよ！」

「しゅっぱーつ！」

「しんこーう！」

ちなつちゃんのおままごとを聞《き》いていると、私《わたし》は、ハッとなった。

大事《だいじ》なお花《はな》が見《み》つからない。

みんなできれいに飾《かざ》ったのに、なくなっちゃった。

——それって、オーナメントのことだよね……？

『それはかなちいね。いまからさがしにいこうよ！』

おまわりさん役《やく》のうーちゃんのセリフは、そのまま、ちなつちゃんの気持《きも》ちを表《あらわ》してるように思《おも》えて。

やっぱり、本当《ほんとう》は悲《かな》しいよね、捜《さが》しに行《い》きたいよね、って、ちなつちゃんのことがいじらしくてたまらなくなって、私《わたし》は、胸《むね》がツンと痛《いた》くなった。

さっきのプリントにあった「胸《むね》をつく」っていうのは、こういうことをいうのかな。

なんて思《おも》っていた、その時《とき》。

ピピッ、ピピッ。

机《つくえ》においてあったタブレットが、小《ちい》さく音《おと》を立《た》てながら光《ひか》った。

私《わたし》はあわててタブレットを手《て》に取《と》り、操作《そうさ》した。

このタブレットは、ちなつちゃんを我《わ》が家《や》で預《あず》かることになった時《とき》に、千堂《せんどう》さんとの連《れん》絡用《らくよう》にって、国際秘密情報連盟《こくさいひみつじょうほうれんめい》から渡《わた》されたの。

国際秘密情報連盟《こくさいひみつじょうほうれんめい》のものだから、セキュリティがしっかりしてて、あらかじめ登録《とうろく》されてる番号《ばんごう》としか連絡《れんらく》できないようになっているんだよ。

画面《がめん》をスワイプすると、

「こんにちは。実咲《みさき》さん、今《いま》、少《すこ》しお時間《じかん》いいですか」

千堂《せんどう》さんがいつもと変《か》わらぬ穏《おだ》やかな笑《え》みを浮《う》かべていた。

「はい！　ちょうど、千堂《せんどう》さんにお話《はな》ししたいことがあるんです」

ちなつちゃんに関《かか》わることで、何《なに》か変《か》わったことがあったら報告《ほうこく》することになっているの。

だから、オーナメントがなくなったことも報告《ほうこく》しなくちゃって思《おも》ってた。

でも、千堂《せんどう》さんは、もう知《し》ってたみたい。

「もしかして、オーナメントのことですか？」

「はい、それです。千堂《せんどう》さんは、もう知《し》ってたんですね」

「さっき久野《くの》から聞《き》いたんですよ」

久野《くの》というのは、久野先生《くのせんせい》のこと。

ちなつちゃんたちのひよこ組《ぐみ》の副担任《ふくたんにん》——というのは、表《おもて》むきの顔《かお》。

久野先生《くのせんせい》の正体《しょうたい》は、千堂《せんどう》さんと同《おな》じで、国際秘密情報連盟《こくさいひみつじょうほうれんめい》の人《ひと》なんだよ。

ちなつちゃんやヒカルくんがおひさま幼稚園《ようちえん》に通《かよ》うって決《き》まった時《とき》、国際秘密情報連盟《こくさいひみつじょうほうれんめい》の人《ひと》がいつもそばで見守《みまも》れるようにって、久野先生《くのせんせい》が来《き》てくれたの。

「手作《てづく》りのオーナメントがなくなったとは、残念《ざんねん》でしたね」

「はい。ちなつちゃんも、他《ほか》の子《こ》たちも、みんなすごく泣《な》いてて、見《み》ていて私《わたし》もつらくなりました」

「ああ、それは聞《き》いているだけでもつらくなりますね……。久野《くの》から聞《き》きましたが、ちなつちゃんはオーナメントを作《つく》る時《とき》、本当《ほんとう》に一生懸命《いっしょうけんめい》だったそうですね」

千堂《せんどう》さんが沈痛《ちんつう》な面持《おもも》ちで言《い》った。

「そうだったんですね……」

そんなに一生懸命《いっしょうけんめい》作《つく》ったものがなくなったら、悲《かな》しいよね。

「オーナメントがなくなったのは、やっぱり、誰《だれ》かが盗《と》ったのかな……」

私《わたし》がつぶやくと、千堂《せんどう》さんが小《ちい》さくうなずいた。

「悲《かな》しいことですが、そうだと思《おも》って間違《まちが》いないでしょうね」

「ですよね……。偶然《ぐうぜん》で全部《ぜんぶ》なくなるわけ、ないですもんね……。でも、じゃあ、オーナメントを盗《ぬす》んだ犯人《はんにん》って、能力児《のうりょくじ》のことと関係《かんけい》あると思《おも》いますか？」

おひさま幼稚園《ようちえん》には、ちなつちゃんの他《ほか》にも、能力児《のうりょくじ》が何人《なんにん》かいる。その子《こ》たちをねらって悪《わる》い人《ひと》が何《なに》をたくらんでもおかしくないのだけど……。

「うーん、どうでしょう……」

オーナメントを盗《と》ったところで、何《なに》がどうなるわけでもないですからねぇ、と千堂《せんどう》さんがもっともなことを言《い》う。

「事件性《じけんせい》のあることというよりは、ただのイタズラでしょうね。イタズラにしては、ずいぶん悪質《あくしつ》ですが……」

画面《がめん》のむこうで、千堂《せんどう》さんが腕組《うでぐ》みをしながらつぶやいた。

それを聞《き》いて、私《わたし》は、お腹《なか》の底《そこ》からふつふつと怒《いか》りがわいてきた。

もしこれがイタズラだったら、許《ゆる》せないよ……！

＊＊＊

その夜《よる》のことだった。

「ん……っく……ひっく……！」

寝《ね》ていると、すぐそばから泣《な》き声《ごえ》が聞《き》こえてきて、私《わたし》は目《め》がさめた。

「どうちて……」

寝《ね》ぼけているのか、ちなつちゃんは目《め》をとじたまま、でも布《ふ》団《とん》のはしっこをしっかりとにぎりしめて、目《め》じりに涙《なみだ》をにじませている。

これ……夜《よ》泣《な》き？

めずらしいな。

この夏《なつ》、まだうちに来《き》たばかりのころは、ちなつちゃんは前《まえ》の家《か》族《ぞく》のことを思《おも》い出《だ》して、よく夜《よ》泣《な》きしていた。

でも最近《さいきん》は、めっきり、夜泣《よな》きしなくなったのに。

「大丈夫《だいじょうぶ》。大丈夫《だいじょうぶ》だよ、ちなつちゃん」

私《わたし》は、ちなつちゃんをそっと抱《だ》きしめると、背中《せなか》をトン、トン、とやさしくたたいた。

「きらきら、どうちて……」

ちなつちゃんは、寝《ね》ぼけながら、悲《かな》しそうにつぶやいた。

「ばんがって、ちゅくったのに……」

うめくようなつぶやき声《ごえ》に、私《わたし》は、胸《むね》がぎゅーっとしめつけられた。

夕方《ゆうがた》、ちなつちゃんが楽《たの》しそうにおままごとをしていた時《とき》、オーナメントのことはもう忘《わす》れちゃったのかな、なんて少《すこ》しでも思《おも》ってしまった自分《じぶん》を反省《はんせい》した。

ぜんぜん忘《わす》れてないじゃない。

こうやって、夜《よる》、寝《ね》ながら泣《な》いちゃうぐらい、悲《かな》しんでいる。

——絶対《ぜったい》に見《み》つけてあげたい。

なくなったオーナメントを、きっと取《と》りもどす……！

私《わたし》は、ちなつちゃんの背中《せなか》をトントンしながら、心《こころ》の中《なか》でかたく決意《けつい》したのだった。

5 なかよし雪《ゆき》だるま

「ちゃきちゃあああん！」

月曜日《げつようび》、颯太《そうた》と一緒《いっしょ》にちなつちゃんを迎《むか》えに行《い》ったら、ちなつちゃんが私《わたし》を見《み》るなりひよこ組《ぐみ》の教室《きょうしつ》から飛《と》びだしてきた。

「みてー！　みて、みて、みてー！　これね、きょうね、ちゅくったの！」

ちなつちゃんが見《み》せてくれたのは、白《しろ》い画用紙《がようし》を丸《まる》く切《き》って作《つく》ったオーナメントだった。

「わあ、可愛《かわい》い！　これって、雪《ゆき》だるま？」

「うん！　ゆきだるま！　きらきらも、い――――っぱいつけたよ！」

「ほんとだね。キラキラ、いっぱいだね！」

雪《ゆき》だるまをふちどるように、キラキラのパーツがびっしりと貼《は》り付《つ》けられている。

前《まえ》に作《つく》ったドーナツのオーナメントよりも、キラキラしてるんじゃないかな。

中《なか》でも、目《め》に使《つか》われている緑色《みどりいろ》のパーツが、ひときわキラキラ輝《かがや》いている。

ふふふ。

目《め》が緑色《みどりいろ》って、まるで、ちなつちゃんが未来《みらい》を見《み》る時《とき》みたい！

「すみれちゃんと、おそろいだよ」

ちなつちゃんがそう言《い》うと、その声《こえ》が聞《き》こえたのか、たたたた、と教室《きょうしつ》からスミレちゃんも出《で》てきた。

「ほら！　これ！　おそろい」

「「ねーっ！」」

ちなつちゃんとスミレちゃんは、雪《ゆき》だるまのオーナメントを両手《りょうて》で持《も》って、仲良《なかよ》く「ねーっ！」と声《こえ》をそろえた。

スミレちゃんのオーナメントも、ちなつちゃんと同《おな》じように、目《め》の部分《ぶぶん》には緑色《みどりいろ》のパーツを使《つか》っている。

プラスチックでできてるんだろうけど、ダイアモンドみたいにカットされてて、どれもまるで本物《ほんもの》の宝石《ほうせき》みたい！

「こんにちは、実咲《みさき》ちゃん、颯太《そうた》くん。おかえりなさい」

穂積先生《ほづみせんせい》が教室《きょうしつ》から出《で》てきた。

「穂積先生《ほづみせんせい》、こんにちは。新《あたら》しいオーナメントを作《つく》ったんですね」

「そうなんですよ。前《まえ》のオーナメントを捜《さが》すのをあきらめたわけではないんですけどね。でも、もしクリスマス会《かい》までに見《み》つからなかったら子《こ》どもたちも悲《かな》しむだろうし、念《ねん》のため、新《あたら》しいオーナメントを作《つく》っておくことにしたんです」

幸《さいわ》いなことに、前《まえ》に「ないしょのサンタさん」から送《おく》られてきたパーツはまだたくさん残《のこ》っていたんだって。

「これで全部使《ぜんぶつか》いきっちゃいそうなんですけどね」

「でも、ないしょのサンタさんは、オーナメント作《づく》りに使《つか》ってくださいって言《い》ってプレゼントしてくれたんですよね？　だったら、全部使《ぜんぶつか》いきった方《ほう》が喜《よろこ》んでくれそうですよね！」

「実咲《みさき》ちゃんはいいことを言《い》うねぇ」

穂積先生《ほづみせんせい》は肩《かた》をすくめて、うれしそうに笑《わら》った。

「今日《きょう》と明日《あした》でオーナメントができあがりそうなので、明日《あした》、また飾《かざ》りつけをすることになりました。明日《あした》のお迎《むか》えの時《とき》に、また遊戯室《ゆうぎしつ》に行《い》って、ちなつちゃんと一緒《いっしょ》に飾《かざ》りつけてもらっていいかな？」

「はい！　いいよね、颯太《そうた》？」

「ああ。おれは別《べつ》にいいけど」

「なっちゃん、すみれちゃんといっしょにかざる！」

「すみれも！　なっちゃんといっしょにかざる！」

「「ねーっ！」」

二人《ふたり》は手《て》をつないで、つないだ手《て》をぶんぶんゆらしながら、また「ねーっ！」と仲良《なかよ》く顔《かお》を見合《みあ》わせている。

ふふふ。

ほんとに仲良《なかよ》しだね！

「じゃあ、明日《あした》は一緒《いっしょ》に飾《かざ》ろうね。楽《たの》しみだね」

「うん！　うれちみ！」

「うれちみ！」

「「ねーっ！」」

二人《ふたり》が仲良《なかよ》くにこにこしているのを見《み》ていると、私《わたし》は少《すこ》しほっとした。

一《ひと》つ目《め》のオーナメントがなくなったのは悲《かな》しいし、もちろん、見《み》つかることを願《ねが》ってる。

でも、新《あたら》しいオーナメントができて、それで気持《きも》ちを切《き》りかえられたみたいでよかった。

明日《あした》の飾《かざ》りつけ、何《なん》だか私《わたし》までうれちみになってきたよ！

＊＊＊

「こんにちは、実咲《みさき》ちゃん。おかえりなさい。――ちなつちゃん、実咲《みさき》ちゃんがお迎《むか》えに来《き》てくれたよー！」

次《つぎ》の日《ひ》、ひよこ組《ぐみ》にお迎《むか》えに行《い》くと、教室《きょうしつ》から久野先生《くのせんせい》が出《で》てきた。

久野先生《くのせんせい》がつけているエプロンは水色《みずいろ》で、胸《むな》もとのポケットにひよこのアップリケがぬいつけられている。可愛《かわい》い。

でもエプロンの下《した》は、黒《くろ》いスーツを着《き》ている。

今《いま》は十二月《がつ》だからまだいいけど、八月《がつ》の暑《あつ》い時期《じき》も、かっちりとしたスーツを着《き》てたんだよ。

こんなに動《うご》きにくそうなスーツ姿《すがた》でも、久野先生《くのせんせい》は、いざという時《とき》は誰《だれ》よりも素早《すばや》く動《うご》けるの。

国際秘密情報連盟《こくさいひみつじょうほうれんめい》の人《ひと》って、すごいなぁ。

「ちなつちゃん、おかえりの支度《したく》はできた？」

「うん！」

通園《つうえん》バッグを肩《かた》からななめにさげて、黄色《きいろ》い帽子《ぼうし》をかぶって、手提《てさ》げバッグも持《も》って、ちなつちゃんは帰《かえ》る支度《したく》もバッチリ整《ととの》っていた。

「オーナメントも持《も》ってるかな？」

「うん……」

ちなつちゃんは、手提《てさ》げバッグから、雪《ゆき》だるまのオーナメントをちらっと出《だ》して見《み》せた。

——あれ？

何《なん》だかちなつちゃんのお返事《へんじ》、元気《げんき》がない……？

「いいね！　実咲《みさき》ちゃん、穂積先生《ほづみせんせい》がお遊戯室《ゆうぎしつ》で待《ま》ってるから、ちなつちゃんと一緒《いっしょ》に、オーナメントを飾《かざ》ってきてくださいね」

久野先生《くのせんせい》が私《わたし》を見《み》て、にっこり笑《わら》った。

「はい！　お遊戯室《ゆうぎしつ》、行《い》ってきます！」

私《わたし》が返事《へんじ》をすると、久野先生《くのせんせい》は、今度《こんど》はちなつちゃんと目線《めせん》をあわせるためにしゃがんだ。

「ちなつちゃん、また明日《あした》ね。ばいばいタッチ！」

久野先生《くのせんせい》が両手《りょうて》をひらいて前《まえ》に出《だ》すと、

「ばいばーい、たーっち！」

と、ちなつちゃんは思《おも》いっきり反動《はんどう》をつけて、ぱんっ！

気持《きも》ちよさそうに久野《くの》先生《せんせい》と手《て》をあわせて、楽《たの》しそうに笑《わら》った。

——なあんだ。

さっき、一瞬《いっしゅん》、元気《げんき》がないように見《み》えたけど、気《き》のせいだったみたい。

私《わたし》は、ほっとした。


——そう思《おも》ったけど、やっぱり、気《き》のせいじゃなかったみたい。

遊戯室《ゆうぎしつ》に入《はい》ると、ちなつちゃんは、もじもじしながら、遊戯室《ゆうぎしつ》の入《い》り口《ぐち》のかべぎわにぴたっと立《た》ったまま、ツリーに近《ちか》づこうとしない。

「ちなつちゃん、飾《かざ》りに行《い》こうよ」

私《わたし》はちなつちゃんの手《て》をひき、歩《ある》きだそうとしたけど、ちなつちゃんは両足《りょうあし》をふんばっていて、動《うご》かない。

——どうしたんだろう。

「オーナメント、飾《かざ》らないの？」

「……」

ちなつちゃんは口《くち》をすぼめて、眉間《みけん》にしわをよせて、うつむいている。

うーん、どうしたのかな。何《なに》があったんだろう。

私《わたし》は、ひとまず、無理強《むりじ》いはせずに、様子《ようす》を見《み》ることにした。

私《わたし》はちなつちゃんのとなりにしゃがみ、ツリーの方《ほう》をながめて、しばらくだまっていた。

みわたすと、遊戯室《ゆうぎしつ》の中《なか》では、みんな目《め》をキラキラさせながらツリーを見上《みあ》げて、

「どこにする？」

「そこだとサンタさんに見《み》えないよ」

って、前回《ぜんかい》の時《とき》と同《おな》じように、みんな楽《たの》しそうに、親子《おやこ》で相談《そうだん》している。

年中《ねんちゅう》さんや年長《ねんちょう》さんになると、おうちの人《ひと》なんてそっちのけで、子《こ》どもどうしで盛《も》り上《あ》がっていて、その様子《ようす》を、ツリーから少《すこ》しはなれたところでママたちがかたまって見《み》ている。

「前《まえ》のオーナメントはどうなっちゃったんだろうね」

「誰《だれ》かが盗《と》ったんじゃないかっていう話《はなし》らしいけど……うちの子《こ》のオーナメントなんて、我《わ》が家《や》以外《いがい》の人《ひと》にとってはゴミでしかないのにねぇ。そんなの盗《と》って、どうしようってのかしら」

「うちも！　うちの子《こ》も画伯《がはく》だからさぁ。シーサーを作《つく》ったつもりらしいんだけど、誰《だれ》がどこからどう見《み》ても、羊《ひつじ》にしか見《み》えないの。あんなの盗《と》って、犯人《はんにん》、どうするつもりなんだろ」

「あはは！　だいちゃん、シーサー作《つく》ったんだ！」

「うん。沖縄《おきなわ》に行《い》きたいんだって。沖縄《おきなわ》に行《い》けますようにっていう願《ねが》いをこめたって言《い》ってたよ」

「それならだいちゃん、沖縄旅行《おきなわりょこう》のお願《ねが》いごとがかなわなくなっちゃって、残念《ざんねん》がってるんじゃない？　かわいそうに……」

「それがね、新《あたら》しいオーナメントは、ライオンを作《つく》ってたんだけどね。シンガポールのマーライオンのつもりなんだって」

「おっと……。それなら沖縄《おきなわ》の方《ほう》がまだつれていきやすかったね」

「ほんとよ。前回《ぜんかい》のオーナメントを盗《と》った人《ひと》、さっさとかえしに来《き》てほしいよね」

やっぱり、他《ほか》のおうちの人《ひと》たちも、前回《ぜんかい》のオーナメントがなくなったことが気《き》になってるみたい。

――くいっ、くいっ。

ちなつちゃんが、私《わたし》の服《ふく》のすそをひっぱった。

「ねえねえ、ちゃきちゃん」

ちなつちゃんが、うんと背伸《せの》びをして小声《こごえ》でささやく。

「どうしたの？」

私《わたし》はしゃがんで、ちなつちゃんの口《くち》もとに耳《みみ》を近《ちか》づけた。

「えっとね、おーなめんとね、かざるの、やめるの、だめ？」

「……ん？」

飾《かざ》るの、やめるの、だめ？

何《なん》だか、なぞときみたい。

「ごめん、どういう意味《いみ》？　もう一回言《いっかいい》って？」

「えっとね、おーなめんとね、かざるの、やめるの。いい？」

飾《かざ》るのをやめるのがいいかってこと？

「それって、つまり——オーナメントを飾《かざ》るのがいやだってこと？」

——こくん。

ちなつちゃんが、不安《ふあん》そうに私《わたし》を上目遣《うわめづか》いで見上《みあ》げながら、小《ちい》さく首《くび》をたてにふった。

「えっ。ど、どうして……？」

私《わたし》は声《こえ》をひそめて、ちなつちゃんの両肩《りょうかた》に手《て》を置《お》いた。

一《ひと》つ目《め》のオーナメントがなくなったことと関係《かんけい》してるのかな。

一生懸命作《いっしょうけんめいつく》ってたらしいし、やっぱり、新《あたら》しいのを作《つく》りなおしても、いやなのかな。

この場合《ばあい》、私《わたし》は何《なん》て言《い》えばいいんだろう。

もちろん、なくなったオーナメントはクリスマス会《かい》までに取《と》りもどしたいって思《おも》ってる。

でも、手《て》がかりも何《なん》にもないし、取《と》りもどせる可能性《かのうせい》はかぎりなくゼロに近《ちか》いし……。

ぐるぐると考《かんが》えていると、ちなつちゃんは私《わたし》の耳《みみ》もとに顔《かお》を近《ちか》づけて、ささやいた。

「あのね、きょうね、すみれちゃん、おやすみなの」

スミレちゃんはどうやら風邪《かぜ》をひいたらしく、今日《きょう》は幼稚園《ようちえん》をお休《やす》みしてるんだって。

「そうだったんだ。それは残念《ざんねん》だったね。スミレちゃんのお風邪《かぜ》、早《はや》くよくなる――」

早《はや》くよくなるといいね、ってつづけようとしたんだけど、ちなつちゃんが私《わたし》の耳《みみ》もとで、さらにつづけた。

「なっちゃんね、やくそくしたの」

――あっ、そういうことか！

私《わたし》はやっと、ちなつちゃんが何《なに》を言《い》いたいのか、さっきからどうしてもじもじ、というかおどおどしているのか、わかった。

ちなつちゃんが今日《きょう》飾《かざ》る予定《よてい》の、雪《ゆき》だるまのオーナメントは、スミレちゃんとおそろいだもんね。

一緒《いっしょ》に飾《かざ》ろうって約束《やくそく》してたね。

でも、スミレちゃんが風邪《かぜ》でお休《やす》みしちゃったから、一緒《いっしょ》に飾《かざ》れなくなったんだね。

それでもちなつちゃんは、約束《やくそく》を守《まも》りたいから、スミレちゃんが幼稚園《ようちえん》に来《く》るまで飾《かざ》るのは待《ま》って、スミレちゃんが来《き》たら一緒《いっしょ》に飾《かざ》りたい……そういうことだよね。

「スミレちゃんと一緒《いっしょ》に飾《かざ》りたいの？」

私《わたし》はちなつちゃんの耳《みみ》もとで、小声《こごえ》でたずねた。

こくん。

ちなつちゃんは、小《ちい》さくうなずく。

「今日《きょう》は飾《かざ》るのをやめて、スミレちゃんの風邪《かぜ》が治《なお》るのを待《ま》ちたいってこと？」

こくん。

ちなつちゃんはもう一度《いちど》、今度《こんど》は大《おお》きくうなずいた。

んもう、ちなつちゃんったら、なんて友《とも》だち思《おも》いで、可愛《かわい》いの!!

ぎゅーっ！

私《わたし》は両手《りょうて》をちなつちゃんの背中《せなか》に回《まわ》し、きつく抱《だ》きしめた。

「じゃあ、今日《きょう》はそれは飾《かざ》らずに、このまま帰《かえ》ろうか」

「……いいの？」

私《わたし》の提案《ていあん》に、ちなつちゃんが不安《ふあん》そうに私《わたし》を見上《みあ》げる。

「だって、これ、きょう、かざるって……」

「先生《せんせい》に言《い》ってみる。ちょっとここで待《ま》っててね」

私《わたし》は穂積先生《ほづみせんせい》のそばに行《い》き、かんたんに事情《じじょう》を伝《つた》えた。

先生《せんせい》はにっこり笑《わら》って、

「そういうことなら、もちろん、かまいませんよ。スミレちゃんがもどってきたら一緒《いっしょ》に飾《かざ》りましょうね」

と言《い》いながら、入《い》り口付近《ぐちふきん》でもじもじしているちなつちゃんにむかって小《ちい》さく手《て》を振《ふ》った。

にっこり笑《わら》いながら、両手《りょうて》で「まる」とジェスチャーしている先生《せんせい》を見《み》て、ちなつちゃんは、ほっとしたみたい。

不安《ふあん》そうにしていたけど、とたんに表情《ひょうじょう》をゆるめて、うれしそうに笑《わら》った。

ふふふ。

よかったね、ちなつちゃん。

そのあと、私《わたし》はちなつちゃんと手《て》をつなぎ、遊戯室《ゆうぎしつ》をあとにした。

遊戯室《ゆうぎしつ》を出《で》る時《とき》、振《ふ》りかえると、ツリーはすでにほとんどの枝《えだ》にオーナメントがかかっていて、前回《ぜんかい》の時《とき》と同《おな》じかそれ以上《いじょう》に、キラキラに輝《かがや》いていた。

こんなにびっしりオーナメントでいっぱいになって、ちなつちゃんとスミレちゃんのオーナメントを飾《かざ》るスペースはちゃんと残《のこ》ってるのかな。

なんて、その時《とき》の私《わたし》は、本気《ほんき》で心配《しんぱい》した。

そして、次《つぎ》の日《ひ》。

スミレちゃんは、まだ幼稚園《ようちえん》をお休《やす》みしていて。

またもや、オーナメントは全部《ぜんぶ》なくなっていたのだった。

6 あやしい人物《じんぶつ》

「許《ゆる》せないよね!!」

犬《いぬ》の大福《だいふく》のリードをにぎる手《て》に、思《おも》わず力《ちから》がこもった。

冬《ふゆ》の空気《くうき》は冷《つめ》たくて、息《いき》が白《しろ》くなるほどだけれど、その冷《つめ》たさも私《わたし》の怒《いか》りを鎮《しず》めることはできなかった。

「いったい誰《だれ》がこんなことするんだろう。ほんと、信《しん》じられない!」

私《わたし》の声《こえ》が、冬《ふゆ》の静《しず》けさを切《き》り裂《さ》く。

裸《はだか》の木々《きぎ》が、枝《えだ》を風《かぜ》がとおり過《す》ぎるたびにカサカサと音《おと》を立《た》てていた。

さっき幼稚園《ようちえん》にお迎《むか》えに行《い》ったら、またオーナメントが全部《ぜんぶ》なくなっていたの。

穂積先生《ほづみせんせい》から話《はなし》を聞《き》いた時《とき》は、耳《みみ》を疑《うたが》っちゃった。(慣用句《かんようく》のプリント、ちゃんと覚《おぼ》えたんだから！　我《われ》ながらエライ)

まさか、またなくなるなんて。

本当《ほんとう》に悲《かな》しいやら悔《くや》しいやらで、もう、どうしたらいいかわかんないよ。

ちなつちゃんはすっかりショックを受《う》けちゃって、家《いえ》に帰《かえ》ると、泣《な》きつかれて寝《ね》ちゃった。

だから、いつもは私《わたし》とちなつちゃんの二人《ふたり》で大福《だいふく》の散歩《さんぽ》に行《い》くんだけど、今日《きょう》は私《わたし》が一人《ひとり》で散歩《さんぽ》することにしたの。

でも気持《きも》ちがおさまらないから、颯太《そうた》をさそって、今《いま》、こうして一緒《いっしょ》に散歩《さんぽ》しているってわけ。

大福《だいふく》の歩調《ほちょう》にあわせて、私《わたし》と颯太《そうた》はゆっくりと歩《ある》いた。

どんよりとした雲《くも》が低《ひく》くたれこめていて、私《わたし》の心《こころ》はますます晴《は》れない。

「みんなの心《こころ》がこもったオーナメントを、一回《いっかい》盗《ぬす》むだけでもじゅうぶん許《ゆる》せないけど、二回《かい》も盗《ぬす》むなんて、どうかしてるよ！」

「二回《かい》も盗《と》られたとなると、オーナメントに絶対《ぜったい》に何《なに》かあるよな」

颯太《そうた》は眉間《みけん》にしわを寄《よ》せ、考《かんが》えこんでいる。

「でも、ちっちゃな子《こ》が作《つく》ったオーナメントだよ？　そんなの盗《ぬす》んだって、何《なに》にもならなくない？」

ほんとに、誰《だれ》がどういうつもりでこんなことをしてるんだろう。

もしただのいやがらせとかイタズラとかだったら、絶対《ぜったい》に許《ゆる》さない！

「そうだ、千堂《せんどう》さんに相談《そうだん》したら？」

まるで名案《めいあん》を思《おも》いついたかのように、颯太《そうた》が提案《ていあん》する。

「この間《あいだ》、千堂《せんどう》さんから連絡《れんらく》があった。その時《とき》に相談《そうだん》……ってほどじゃないけど、この話《はなし》をしたよ」

「何《なん》だ、もう話《はな》してたのか」

私《わたし》は、その時《とき》に千堂《せんどう》さんも何《なに》もわからないみたいだったこと、これがちなつちゃんや能力児《のうりょくじ》をねらう人《ひと》たちの犯行《はんこう》とは思《おも》えないし、たぶんイタズラだろうって言《い》われたことなどを話《はな》した。

「でも、二回《かい》も盗《ぬす》まれたってなると、話《はなし》は別《べつ》だよね。家《いえ》に帰《かえ》ったら、もう一回《いっかい》千堂《せんどう》さんに話《はな》してみる」

「ああ。それがいいかもな」

そう決《き》めて、家《いえ》に帰《かえ》ると――。

私《わたし》から連絡《れんらく》するまでもなく、千堂《せんどう》さんが、私《わたし》の家《いえ》の前《まえ》で待《ま》っていた。

「おかえりなさい、実咲《みさき》さん。ちょうどいい、颯太《そうた》くんも一緒《いっしょ》なんですね」

千堂《せんどう》さんと一緒《いっしょ》にいるのは、黒《くろ》いスーツを着《き》た女《おんな》の人《ひと》。

よく見《み》ると、久野先生《くのせんせい》だった。

「千堂《せんどう》さん！　それに、久野先生《くのせんせい》も！　こんにちは」

「こんにちは、実咲《みさき》ちゃん、颯太《そうた》くん。実《じつ》は、今日《きょう》はちょっと相談《そうだん》があるんです。今《いま》、少《すこ》し時間《じかん》をもらってもいいかな？」

久野先生《くのせんせい》が小首《こくび》をかしげる。

「もしかして、オーナメントのことですか？」

颯太《そうた》がたずねると、久野先生《くのせんせい》と千堂《せんどう》さんが、しんけんな面持《おもも》ちでうなずいた。

「もちろんです。どうぞ中《なか》に入《はい》ってください」

私《わたし》が言《い》うと、大福《だいふく》が、まるで二人《ふたり》を歓迎《かんげい》するかのように、うれしそうに尻尾《しっぽ》を振《ふ》った。

＊＊＊

千堂《せんどう》さんたちをつれて家《いえ》の中《なか》に入《はい》ると、ママが目《め》を丸《まる》くした。

「まあ、まあ、まあ！　千堂《せんどう》さん！　それに、久野《くの》先生《せんせい》も。外《そと》は寒《さむ》かったでしょう」

「こんにちは。お邪魔《じゃま》します。突然《とつぜん》押《お》しかけて申《もう》し訳《わけ》ございません」

「待《ま》っててくださいね、今《いま》、あたたかいお茶《ちゃ》をお持《も》ちしますね」

「いえいえ、どうぞおかまいなく」

「……千堂《せんどう》さん、久野《くの》先生《せんせい》、私《わたし》の部屋《へや》に行《い》きませんか？」

このままリビングに行《い》けば、大人《おとな》たちのめんどくさい会話《かいわ》が永遠《えいえん》につづきそう。

私《わたし》はみんなを、二階《かい》の私《わたし》の部屋《へや》に案内《あんない》した。

ちなつちゃんはまだリビングで寝《ね》ていたけど、起《お》こさないようそっと抱《だ》っこをして、二階《かい》の私《わたし》の部屋《へや》につれていった。

「一度《ど》ならず二度《ど》までもこのような事件《じけん》が起《お》きたのは、ただごとじゃないですね。——前《ぜん》回《かい》、実咲《みさき》さんとお話《はな》しした時《とき》は否定《ひてい》しましたが、やはり能力児《のうりょくじ》と関連《かんれん》のある犯行《はんこう》という可《か》能性《のうせい》もあります」

私《わたし》は、その言葉《ことば》を聞《き》きながら、不安《ふあん》と怒《いか》りがこみあげてくるのを抑《おさ》えきれずにいた。

信《しん》じたくないことだけど、能力《のうりょく》を利用《りよう》して金儲《かねもう》けをしようと企《たくら》む悪《わる》い人《ひと》たちがいるの。

今《いま》までちなつちゃんは何度《なんど》もそれで誘拐《ゆうかい》されたり、こわい目《め》にあったりしている。

「今回《こんかい》も、また有田夫妻《ありたふさい》なのかな……」

ぽつりと私《わたし》が問《と》いかけると、久野先生《くのせんせい》がすぐに反応《はんのう》した。

「いや、それが、有田夫妻《ありたふさい》は関係《かんけい》なさそうなんです」

久野先生《くのせんせい》は冷静《れいせい》に首《くび》を振《ふ》って、さらに説明《せつめい》を加《くわ》えた。

「有田夫妻《ありたふさい》の居所《いどころ》はわかっています。彼《かれ》らは今《いま》、海外《かいがい》にいます」

「ってことは、有田夫妻以外《ありたふさいいがい》にも、能力児《のうりょくじ》をねらう者《もの》がいるかもしれない、ってことか……」

颯太《そうた》の発言《はつげん》に、千堂《せんどう》さんも久野先生《くのせんせい》も、沈痛《ちんつう》な面持《おもも》ちでうなずいた。

有田夫妻《ありたふさい》のことは、千堂《せんどう》さんたちも警戒《けいかい》して、こうやって居所《いどころ》も把握《はあく》しているけど。

まったくノーマークの人《ひと》がちなつちゃんたちをねらっているなら、私《わたし》たち、警戒《けいかい》のしようがないじゃない。

いつのまにか、窓《まど》の外《そと》では静《しず》かに雪《ゆき》がふりはじめていた。

街灯《がいとう》にてらされてキラキラと舞《ま》いながら消《き》えていく、軽《かろ》やかな雪《ゆき》とは裏腹《うらはら》に、私《わたし》たちの心《こころ》は重《おも》く沈《しず》んでいた。

「今日《きょう》は、これをみんなで見《み》ようと思《おも》って、持《も》ってきたんです」

千堂《せんどう》さんがバッグからノートパソコンを取《と》りだした。

パソコンの画面《がめん》に、幼稚園《ようちえん》の門《もん》の映像《えいぞう》がうつしだされた。

「これは、おひさま幼稚園《ようちえん》に設置《せっち》されている防犯《ぼうはん》カメラの映像《えいぞう》です」

「すげぇ！　こういうのって、警察《けいさつ》とかしか見《み》られないのかと思《おも》ってた！」

颯太《そうた》が興味津々《きょうみしんしん》の様子《ようす》で画面《がめん》をのぞきこむ。

千堂《せんどう》さんは、少《すこ》し得意《とくい》げに笑《わら》いながら答《こた》えた。

「我々《われわれ》は国際機密機関《こくさいきみつきかん》ですからね。いざとなれば警察《けいさつ》よりも調査《ちょうさ》は迅速《じんそく》ですよ」

千堂《せんどう》さんが涼《すず》しい顔《かお》をして、キーボードをカタカタとたたいた。

ちなつちゃんたちがおひさま幼稚園《ようちえん》に通《かよ》うって決《き》まった時《とき》、千堂《せんどう》さんたちは、園内《えんない》に防《ぼう》犯《はん》カメラをいくつか設置《せっち》したんだって。

「遊戯室《ゆうぎしつ》にもカメラがあるんですよ。日付《ひづけ》と時間《じかん》を合《あ》わせて――これが、一回目《いっかいめ》の飾《かざ》りつけがはじまったところですね。ちょっと見《み》てみましょうか」

千堂《せんどう》さんの指《ゆび》が、キーボードの上《うえ》を高速《こうそく》で動《うご》き回《まわ》ると、パソコンの画面《がめん》には、遊戯室《ゆうぎしつ》がうつしだされた。

ツリーに飾《かざ》られているオーナメントは、まだまばら。

でも、次々《つぎつぎ》と親子《おやこ》が遊戯室《ゆうぎしつ》に入《はい》ってきては、みんな、楽《たの》しそうにツリーにオーナメントをかけていく。

「あ、これはちなつちゃんですね」

私《わたし》たちが遊戯室《ゆうぎしつ》に入《はい》ってきたところがうつると、千堂《せんどう》さんは一度《ど》映像《えいぞう》を止《と》めて、拡大《かくだい》してくれた。

「ふふふ。ちなつちゃん、うれしそう」

ZOOM

キラキラのパーツがたっぷりついたドーナツのオーナメントを、胸《むな》もとに大事《だいじ》そうに抱《かか》えて、ツリーをうれしそうに見上《みあ》げている。

大《おお》きな目《め》をくりくりさせていて、この日《ひ》、ちなつちゃんがどんなにワクワクした気持《きも》ちだったか、見《み》ているだけで伝《つた》わってきた。それだけに、このオーナメントはなくなっちゃったんだよね……と思《おも》い出《だ》すと、鼻《はな》の奥《おく》がつんとなる。

背伸《せの》びをして、ツリーに飾《かざ》りつけをおえたちなつちゃん。

私《わたし》たちが遊戯室《ゆうぎしつ》を出《で》たあとも、入《い》れ替《か》わり立《た》ち替《か》わり、親子《おやこ》が遊戯室《ゆうぎしつ》に入《はい》ってきて、ツリーを飾《かざ》りつけている。

「あ、ちょっと映像《えいぞう》を止《と》めてください！」

突然《とつぜん》、颯太《そうた》が、しかつめらしい顔《かお》をして、鋭《するど》い声《こえ》をあげた。

千堂《せんどう》さんがすぐに映像《えいぞう》を止《と》める。

「少《すこ》しだけ巻《ま》きもどして……これです、この二人《ふたり》をアップにすること、できますか」

「お安《やす》いご用《よう》です」

颯太《そうた》のリクエストに、千堂《せんどう》さんがなんなく応《こた》えて、画面《がめん》には、男女《だんじょ》の二人組《ふたりぐみ》がうつった。

二人《ふたり》とも帽子《ぼうし》をかぶっていて、だぼっとしたつなぎの服《ふく》を着《き》ている。

「この二人《ふたり》、何《なん》だかあやしくないですか」

颯太《そうた》が言《い》うには、子《こ》どもと一緒《いっしょ》じゃないし、見《み》た感《かん》じ何《なん》だか若《わか》そうで、幼稚園児《ようちえんじ》の親《おや》っぽくないとのこと。

二人《ふたり》はツリーに見《み》むきもせず、園児《えんじ》たちのそばを素通《すどお》りして、遊戯室《ゆうぎしつ》の奥《おく》の窓《まど》の方《ほう》にむかっていった。

「ほら。子《こ》どもと一緒《いっしょ》に飾《かざ》りつけするわけでもないし、何《なん》か、この人《ひと》たち、不審者《ふしんしゃ》っぽい」

颯太《そうた》が画面《がめん》をにらみつけている間《あいだ》、私《わたし》は、一生懸命《いっしょうけんめい》、記憶《きおく》の糸《いと》をたぐっていた。

この二人《ふたり》、何《なん》だか見覚《みおぼ》えがあるような気《き》がするんだよね……。

「ああ、これはエアコンの修理《しゅうり》に来《き》てくださった方々《かたがた》ですね」

久野先生《くのせんせい》が落《お》ちついた声《こえ》で教《おし》えてくれた。

私《わたし》たちが飾《かざ》りつけをおえて帰《かえ》ったあと、少《すこ》しすると、たまたま、幼稚園《ようちえん》のそばを「家電《かでん》製品《せいひん》でお困《こま》りのことがあればお申《もう》しつけください。修理《しゅうり》、回収《かいしゅう》、何《なん》でもします」っていうアナウンスをスピーカーで流《なが》しながら、軽《けい》ワゴン車《しゃ》がとおりかかったんだって。園長先生《えんちょうせんせい》が、わらにもすがる思《おも》いでその人《ひと》たちを呼《よ》びとめたら、遊戯室《ゆうぎしつ》の壊《こわ》れた暖房《だんぼう》を修理《しゅうり》してくれることになったみたい。

「えっ、そんなとおりがかりの人《ひと》にたのんで、大丈夫《だいじょうぶ》だったんですか。ちゃんと修理《しゅうり》できたんですか」

「大丈夫《だいじょうぶ》だったみたいです。若《わか》い男女《だんじょ》の二人組《ふたりぐみ》だったんだけど、テキパキしてて、園長先《えんちょうせん》生《せい》も感心《かんしん》してましたよ」

二人《ふたり》は園長先生《えんちょうせんせい》にたのんで遊戯室《ゆうぎしつ》の図面《ずめん》を見《み》せてもらって、配線《はいせん》などを確認《かくにん》したりして、すぐに故障《こしょう》の原因《げんいん》をつきとめたんだって。

「二人《ふたり》とも若《わか》いのにしっかりしてる、って職員《しょくいん》の間《あいだ》でも評判《ひょうばん》でしたよ。女性《じょせい》の方《ほう》は、もしかしたら外国《がいこく》の方《かた》なのかな、言葉《ことば》を話《はな》せないようだったけど、テキパキ働《はたら》いててね、えらいわねぇ、立派《りっぱ》ねぇ、ってみんな絶賛《ぜっさん》してました」

「なーんだ。じゃあ、この二人《ふたり》はあやしくないのか。すみません、つづけてください」

颯太《そうた》は拍子抜《ひょうしぬ》けしたように言《い》うと、自《みずか》らマウスをクリックして、一時停止《いちじていし》していた映像《えいぞう》を再生《さいせい》した。

飾《かざ》りつけをおえた親子《おやこ》たちが帰《かえ》っていき、遊戯室《ゆうぎしつ》の中《なか》がだんだん人《ひと》が減《へ》ってさびしくなっていくのと正反対《せいはんたい》に、ツリーはオーナメントでどんどんにぎやかになっていく。

やがて、全員《ぜんいん》が飾《かざ》りおえると、先生《せんせい》たちが遊戯室《ゆうぎしつ》に落《お》ちているごみなどをていねいに拾《ひろ》って、とじまりをしてから、電気《でんき》を消《け》した。

電気《でんき》が消《き》えて真《ま》っ暗《くら》になっても、この防犯《ぼうはん》カメラは高性能《こうせいのう》のすごいやつらしくて、うっすらと部屋《へや》の中《なか》の様子《ようす》が見《み》える。国際機密機関《こくさいきみつきかん》って、すごいなぁ。


誰《だれ》もいない、うすぐらい遊戯室《ゆうぎしつ》で、びっしりとオーナメントが飾《かざ》りつけられた巨大《きょだい》なツリーが、静《しず》かにたたずむ映像《えいぞう》が、しばらくつづいた。

「この時間《じかん》だと、職員《しょくいん》もみんな帰《かえ》ったあとですね」

画面《がめん》に表示《ひょうじ》されている撮影時刻《さつえいじこく》を見《み》て、久野先生《くのせんせい》が補足説明《ほそくせつめい》をしてくれた。

この翌朝《よくあさ》、遊戯室《ゆうぎしつ》に行《い》ったら、もうオーナメントがなくなってたんだよね。

ということは、このまま朝《あさ》までの映像《えいぞう》を見《み》ていたら、犯人《はんにん》がうつっているはず！

千堂《せんどう》さんがパソコンを操作《そうさ》して、映像《えいぞう》を早送《はやおく》りにした。

あと少《すこ》しすれば、一度目《どめ》にオーナメントがなくなった理由《りゆう》がわかるってことだよね！

いったい何《なに》があったんだろう。

本当《ほんとう》に誰《だれ》かが盗《と》ったのかな……。

だとしたら、どんな人《ひと》が、何《なん》のために……？

ドキドキドキ……。

私《わたし》たちは上半身《じょうはんしん》を浮《う》かせて、画面《がめん》を食《く》い入《い》るように見《み》つめ、犯人《はんにん》が姿《すがた》をあらわすのを今《いま》か今《いま》かと待《ま》っていた。


――結論《けつろん》からいうと、何《なに》もわからなかった。

誰《だれ》もいない遊戯室《ゆうぎしつ》で、静《しず》かにたたずむツリーの映像《えいぞう》をじっと見《み》ていたら、突然《とつぜん》、画面《がめん》が真《ま》っ暗《くら》になったの。

驚《おどろ》いた千堂《せんどう》さんがあわててマウスを操作《そうさ》し、少《すこ》し巻《ま》きもどしたあと、通常速度《つうじょうそくど》で再生《さいせい》しなおした。

でも、何度見《なんどみ》ても同《おな》じだった。

画面《がめん》は予告《よこく》なく真《ま》っ暗《くら》になり、何《なに》もうつらなくなった。

何度《なんど》か巻《ま》きもどし、スローで再生《さいせい》してみると、原因《げんいん》がわかった。

誰《だれ》かが、真《ま》っ黒《くろ》の布《ぬの》か何《なに》かを、カメラのレンズにかぶせたのだった。

園内《えんない》に設置《せっち》してある、他《ほか》の防犯《ぼうはん》カメラの映像《えいぞう》も見《み》てみたけど、どれも同《おな》じ。

同《おな》じような時刻《じこく》に、どのカメラにも、黒《くろ》い布《ぬの》がかぶせられていて、これ以降《いこう》は何《なに》も映像《えいぞう》にうつってない。


「まいったな。これは予想《よそう》してなかった……」

いつもていねいな言葉《ことば》づかいをくずさない千堂《せんどう》さんが、めずらしくくだけた口調《くちょう》でため息《いき》をついた。

めがねを外《はず》して天井《てんじょう》をあおぎ、両手《りょうて》でこめかみをおさえてほぐしている。

「おそらく犯人《はんにん》は防犯《ぼうはん》カメラの位置《いち》をあらかじめ把握《はあく》していて、カメラの死角《しかく》から見《み》えないようにしながらカメラに近《ちか》づき、黒《くろ》い布《ぬの》か何《なに》かをレンズにかぶせたのでしょう」

千堂《せんどう》さんの声《こえ》には悔《くや》しさが滲《にじ》みでていた。

私《わたし》も、そのあざやかな手口《てぐち》には驚《おどろ》くばかりだった。

「つまり犯人《はんにん》たちは、事前《じぜん》に巧妙《こうみょう》に計画《けいかく》を立《た》てていたということか」

颯太《そうた》が眉《まゆ》をひそめる。

「たかだか園児《えんじ》の手作《てづく》りオーナメントを盗《ぬす》むために、そんなに念入《ねんい》りに計画《けいかく》を立《た》てるなんて、おかしくないか？」

「ええ。ここまで入念《にゅうねん》に準備《じゅんび》してまで、園児《えんじ》の手作《てづく》りの作品《さくひん》を盗《ぬす》むというのは、ちょっと考《かんが》えられませんね」

千堂《せんどう》さんもうなるように言《い》った。

私《わたし》たちはみんな、しばらく黙《だま》りこんで考《かんが》えた。

静寂《せいじゃく》の中《なか》、部屋《へや》の時計《とけい》の秒針《びょうしん》の音《おと》が、やけにひびいて聞《き》こえる。

何《なに》かがおかしい。

ただのイタズラの域《いき》をこえている。

でも、そうはいっても、園児《えんじ》が画用紙《がようし》で作《つく》ったオーナメントだよ。

そんなの、いったい誰《だれ》が何《なん》のために盗《と》るんだろう。
考《かん》えても、考《かん》えても、わからない。
たのみの綱《つな》の防犯《ぼうはん》カメラの映像《えいぞう》もあてにできないとなると、他《ほか》に手《て》がかりはないよ。
ちなつちゃんたちのオーナメント、いったいどうなってるの？
今《いま》はどこにあるの？
お願《ねが》い、どうか無事《ぶじ》取《と》りもどせますように……！

7 ないしょのサンタさんの正体《しょうたい》!?

「あの……もう一度《いちど》見《み》てもいいですか」

私《わたし》がたずねると、千堂《せんどう》さんは快《こころよ》くうなずき、私《わたし》が座《すわ》っている位置《いち》からでも見《み》やすいように、ノートパソコンをずらしてくれた。

「自分《じぶん》で好《す》きなように操作《そうさ》していいですよ。これが再生《さいせい》で、これが一時停止《いちじていし》。ここをクリックすれば、見《み》たい時刻《じこく》を変《か》えられます」

そう言《い》って、千堂《せんどう》さんはマウスも渡《わた》してくれた。

「ありがとうございます」

私《わたし》は千堂《せんどう》さんに教《おそ》わったとおりにマウスを動《うご》かしてみた。

「何《なに》か気《き》になることがあったのか？」

颯太《そうた》がたずねる。

「ううん。何《なん》にもないけど……」

でも、このまま何《なに》もせずにはいられないんだもん。

「何度《なんど》も見《み》てたら、もしかしたら、何《なに》か見落《みお》としてたこととかに気《き》がつくかもしれないじゃない？」

とりあえず、さっきの、みんながツリーに飾《かざ》りつけをしているところまで巻《ま》きもどしてみて……。

時間《じかん》はだいたいこれぐらいかな、って思《おも》ったところでクリックしてみたんだけど、ちょっと間違《まちが》えちゃったみたい。

映像《えいぞう》が、遊戯室《ゆうぎしつ》じゃなくて、他《ほか》のカメラに切《き》りかわっちゃった。

しかも、時間《じかん》も巻《ま》きもどしすぎちゃったみたいで、思《おも》ってたのとぜんぜんちがう映像《えいぞう》が出《で》てきてしまった。

「あれれ、変《へん》なところクリックしちゃったみたい。これ、どこだろう」

これが遊戯室《ゆうぎしつ》の中《なか》ではなく、建物《たてもの》の外《そと》だということはわかる。

葉《は》っぱを落《お》とした低《ひく》い植《う》えこみが、風《かぜ》で小《ちい》さくゆれている。植《う》えこみのかげに、黄色《きいろ》いものがちらちらと動《うご》いているのが見《み》える。何《なん》だろう。

そして、画面《がめん》の手前《てまえ》には、白《しろ》くて四角《しかく》い箱《はこ》みたいな機械《きかい》がある。

「エアコンの室外機《しつがいき》ですね」

千堂《せんどう》さんが、画面《がめん》をのぞきこみながら教《おし》えてくれた。

そっか。この白《しろ》い機械《きかい》、何《なん》だか見覚《みおぼ》えがあると思《おも》ったら、エアコンの室外機《しつがいき》だ。

「これはオーナメントが盗《ぬす》まれる前日《ぜんじつ》の朝《あさ》ですね」

画面《がめん》に表示《ひょうじ》されているいろんな数字《すうじ》を見《み》て、久野先生《くのせんせい》が言《い》う。

「すみません。巻《ま》きもどしすぎてしまいました。えっと、さっきの遊戯室《ゆうぎしつ》にもどすには……」

私《わたし》があたふたしながら、マウスを操作《そうさ》していたら、また別《べつ》のカメラに切《き》りかえちゃったみたいで、今度《こんど》は園《えん》の門《もん》がうつった。

「あわわ。ごめんなさい。また変《へん》なところになっちゃった。えっと……」

さっきの映像《えいぞう》にもどさなくっちゃ！

とあせっていたら、

「ちょっと待《ま》って」

鋭《するど》く言《い》いながら、颯《そう》太《た》が私《わたし》の手《て》の上《うえ》に、手《て》を乗《の》せてきた。

えっ！

いきなり何《なに》ごと!?

まるで手《て》をにぎられているみたいで、ぎょっとする私《わたし》。（だんじてドキッとしているわけではない！）

「今《いま》、ちょっとここに誰《だれ》かがうつってただろ。くわしく見《み》せて」

颯《そう》太《た》は涼《すず》しい顔《かお》をして、硬直《こうちょく》している私《わたし》の手《て》ごと、マウスを操作《そうさ》した。

なんだか私《わたし》だけがあわててるみたい。

もう、何《なん》なのよ！

「ストップ。ちょっと拡大《かくだい》して」

「か、くだい？　どうやって？」

「貸《か》して」

「は、はい」

私《わたし》はパッとマウスから手《て》をはなした。

颯《そう》太《た》は何《なに》ごともなかったかのように（実際《じっさい》、何《なに》もなかったんだけど！）マウスに手《て》を置《お》き、操作《そうさ》をつづける。

「これ。誰《だれ》かわかりますか」

映像《えいぞう》を一時停止《いちじていし》すると、颯《そう》太《た》は久野先生《くのせんせい》を振《ふ》りかえった。

久《く》野《の》先生《せんせい》は画面《がめん》を見《み》ると、ああ、と納得《なっとく》したように緊張《きんちょう》をといた。

そこにうつっているのは、全身黄色《ぜんしんきいろ》い服《ふく》を着《き》た、一人《ひとり》の男性《だんせい》だった。

「これは、トラネコ宅配《たくはい》の方《かた》ですよ。園児全員《えんじぜんいん》にオーナメント用《よう》のパーツの荷物《にもつ》が届《とど》いたでしょう。あれを配達《はいたつ》してくれた時《とき》の映像《えいぞう》ですね」

「なるほど！　じゃあ、この人《ひと》が『ないしょのサンタさん』ですね！」

私《わたし》がぽんと手《て》をたたいたら、

「ばーか。この人《ひと》は配達員《はいたついん》。ないしょのサンタさんは、この人《ひと》が持《も》ってる、この箱《はこ》を送《おく》ってくれた人《ひと》」

颯太《そうた》が呆《あき》れたように私《わたし》を見《み》る。

「あ、そっか……。ないしょのサンタさん本人《ほんにん》が配達《はいたつ》にきたわけじゃないよね。あはは」

言《い》われてみれば、この黄色《きいろ》い服《ふく》は、トラネコ宅配《たくはい》でおなじみの制服《せいふく》だ。

トラネコ宅配《たくはい》の男性《だんせい》は、この寒《さむ》いのに腕《うで》まくりをしていて、段《だん》ボール箱《ばこ》を両手《りょうて》で抱《かか》えて、園《えん》の門《もん》をくぐった。

「じゃあ、さっき室外機《しつがいき》のところで見《み》えたのも、この人《ひと》だったりして。……って、そんなわけないか。あはは」

思《おも》わずつぶやいたら、

「「「え？」」」

千堂《せんどう》さんと久野《くの》先生《せんせい》と颯太《そうた》が、いっせいに私《わたし》を振《ふ》りむいた。

何《なに》も特別《とくべつ》なことを言《い》ったつもりはないのに、いきなり三人《にん》に振《ふ》りかえられて、緊張《きんちょう》してしまう。

「ほら、さっき、室外機《しつがいき》があるところがうつったでしょ？　その時《とき》に、植《う》えこみのかげに黄色《きいろ》いのが見《み》えたから……。さすがに配達《はいたつ》の人《ひと》があんなとこにいるわけはないか。誰《だれ》か、黄色《きいろ》い服《ふく》を着《き》た子《こ》がかくれんぼでもしてたのかもね」

私《わたし》が話《はな》している間《あいだ》にも、千堂《せんどう》さんはすぐにマウスをつかみ、すばやく動《うご》かしてカチカチと操作《そうさ》している。

「さきほど実咲《みさき》さんが見《み》ていたのは、カメラＩＤ《アイディー》３４７、時刻《じこく》は午前《ごぜん》10時《じ》マル７分《ふん》でした」

久野《くの》先生《せんせい》がすらすらとナゾの番号《ばんごう》を暗唱《あんしょう》する。

「久野《くの》さん、ありがとう。……これですね」

ターン！

軽快《けいかい》にエンターキーを押《お》して、千堂《せんどう》さんが表示《ひょうじ》させたのは、まさに私《わたし》がさっき見《み》ていた、あの室外機《しつがいき》の映像《えいぞう》だった。

「ほら、このあたり。黄色《きいろ》いのがちらちらと動《うご》いているのが見《み》えませんか？」

低《ひく》い植《う》えこみの枝《えだ》のかげに、黄色《きいろ》いものが動《うご》いているのが見《み》えて、私《わたし》は画面《がめん》を指《ゆび》でさした。

「ほんとだ。誰《だれ》かいるようですね。少《すこ》し時間《じかん》をさかのぼって見《み》てみましょうか」

千堂《せんどう》さんが慣《な》れた手《て》つきで操作《そうさ》をする。

映像《えいぞう》が巻《ま》きもどされ、黄色《きいろ》い服《ふく》を着《き》た配達員《はいたついん》が登場《とうじょう》した。

配達員《はいたついん》は、画面《がめん》の手前《てまえ》、室外機《しつがいき》があるあたりでしゃがみこむ。

「何《なに》をしてるんだろ……」

颯太《そうた》がマウスを操作《そうさ》して映像《えいぞう》を拡大《かくだい》したけど、配達員《はいたついん》はカメラに背《せ》をむけていることもあって、何《なに》をしているのかはまったくわからなかった。

2、3分《ぷん》ほどすると、配達員《はいたついん》は立《た》ちあがり、去《さ》って行《い》った。

「ふむ……。これはちょっと、この人物《じんぶつ》が入《はい》ってきたところからの行動《こうどう》をすべて確認《かくにん》した方《ほう》がいいかもしれませんね」

千堂《せんどう》さんはそう言《い》うと、すぐにカメラを切《き》りかえ、配達員《はいたついん》が園《えん》に入《はい》ってきた時《とき》からの動《どう》向《こう》を追《お》いはじめた。

門《もん》に設置《せっち》されたカメラで、まず配達員《はいたついん》が入《はい》ってきたところをうつしだす。

これ、さっき私《わたし》が表示《ひょうじ》させた映像《えいぞう》だ！

配達員《はいたついん》は両手《りょうて》で段《だん》ボール箱《ばこ》を抱《かか》えて、きょろきょろしながら年中《ねんちゅう》の教室《きょうしつ》がある方向《ほうこう》にむかった。廊下《ろうか》でエリコ先生《せんせい》と何《なに》か話《はな》している様子《ようす》がうつったけど、音声《おんせい》は聞《き》こえないから、何《なに》を話《はな》しているかまではわからない。

――と思《おも》ったけど、

「職員室《しょくいんしつ》はどっちですか、って言《い》ってますね」

久野先生《くのせんせい》が言《い》った。

えっ！

音声《おんせい》とか、ないよね!?

何《なん》でわかるの!?

私《わたし》はびっくりしたけど、千堂《せんどう》さんが顔色一《かおいろひと》つ変《か》えずに、

「ええ、そう言《い》ってますね」

って言《い》うから、さらにびっくりした。

「すげぇ。読唇術《どくしんじゅつ》ですか？」

颯太《そうた》が興奮《こうふん》している。

私一人《わたしひとり》だけ、わけがわからなくて目《め》を白黒《しろくろ》させていたら、颯太《そうた》が教《おし》えてくれた。

「読唇術《どくしんじゅつ》っていうのは、くちびるの動《うご》きだけで何《なに》を言《い》っているのかを読《よ》みとるスキルだよ。スパイ映画《えいが》でしか見《み》たことなかったけど、ほんとにできる人《ひと》、いるんだな！　すげぇ！」

そのあと、配達員《はいたついん》はエリコ先生《せんせい》が指《ゆび》さした方《ほう》にむかった。

おかげで無事職員室《ぶじしょくいんしつ》にたどりつけたみたい。

で、職員室《しょくいんしつ》のあとに、なぜかさっきの、園舎《えんしゃ》の外《そと》、室外機《しつがいき》があるところのカメラにうつっていて、さらに時間《じかん》を進《すす》めると、今度《こんど》は年長児《ねんちょうじ》クラスの前《まえ》の廊下《ろうか》のカメラに配達員《はいたついん》が

うつっていた。

とおりかかった先生《せんせい》に、配達員《はいたついん》の方《ほう》から話《はな》しかけている様子《ようす》がうつしだされた。

「すみません、迷《まよ》ってしまったんですけど、出口《でぐち》はどっちですか。って言《い》ってますね」

久野先生《くのせんせい》がまた、くちびるを読《よ》んで、配達員《はいたついん》が何《なに》を話《はな》しているか教《おし》えてくれた。

「――よっぽど方向音痴《ほうこうおんち》のようですね」

千堂《せんどう》さんが苦笑《にがわら》いしてる。

「幼稚園《ようちえん》の中《なか》でこんなに何度《なんど》も迷《まよ》うって、よっぽどだよな。それで配達員《はいたついん》をしてるの、すげえなぁ」

颯太《そうた》が感心《かんしん》してるけど、それ、ほめ言葉《ことば》になってるのかな……。

そのあと、配達員《はいたついん》のお兄《にい》さんは、先生《せんせい》に教《おし》えられた通《とお》りに門《もん》にむかい、幼稚園《ようちえん》をあとにした。

「――結局《けっきょく》、防犯《ぼうはん》カメラを見《み》ても、何《なに》もわからなかったですね」

パタン、とノートパソコンをとじながら、千堂《せんどう》さんが残念《ざんねん》そうに言《い》った。

「あの配達員《はいたついん》、あやしそうな気《き》がしたのになぁ」

「ただ迷《まよ》ってただけでしたね」

颯太《そうた》たちが苦笑《にがわら》いしているけど。

私《わたし》は、誰《だれ》があやしいとかあやしくないとか、そんなことよりも、オーナメントを見《み》つけられなかったことが残念《ざんねん》だった。

手《て》がかり一《ひと》つ、わからなかった。

部屋《へや》のすみっこでは、ちなつちゃんが、まだ寝《ね》ている。

ちなつちゃんの頬《ほほ》には、涙《なみだ》のあとがくっきりとついている。

『ちゅりー、きらきらなかったら、さんたさん、こないじゃん！　だめじゃん！　さんたさん、こないの、いやーだー！』

涙《なみだ》をぼろぼろ流《なが》しながら泣《な》きわめいて、泣《な》きつかれて寝《ね》てしまったちなつちゃん。

かわいそうに……。

クリスマス会《かい》は、金曜日《きんようび》。

今日《きょう》は水曜日《すいようび》。

クリスマス会《かい》まで、もう、二日《ふつか》しかない。

ううん。

まだ、あと二日《ふつか》もあるじゃん。

――あきらめるには、まだ早《はや》い！

「千堂《せんどう》さん」

帰《かえ》り支度《じたく》をはじめていた千堂《せんどう》さんを、私《わたし》は見上《みあ》げた。

「さっきの防犯《ぼうはん》カメラの映像《えいぞう》をもらえませんか？　何度《なんど》もじっくり見《み》て、少《すこ》しでも何《なに》か手《て》がかりがないか、探《さが》してみたいんです」

私《わたし》がお願《ねが》いすると、千堂《せんどう》さんと久野《くの》先生《せんせい》は顔《かお》を見合《みあ》わせた。

二人《ふたり》で少《すこ》し相談《そうだん》すると、

「わかりました。実咲《みさき》さんのタブレットに、映像《えいぞう》を送《おく》ります。言《い》うまでもないことですが、その映像《えいぞう》を録画《ろくが》したり複製《ふくせい》したり、他《ほか》の誰《だれ》かに見《み》せることは、絶対《ぜったい》にしないでくださいね」

「もちろんです。約束《やくそく》します」

千堂《せんどう》さんたちを見送《みおく》りに、玄関《げんかん》の外《そと》に出《で》ると、雪《ゆき》はまだちらついていた。

冬《ふゆ》の空気《くうき》の冷《つめ》たさが身《み》にしみたけど、私《わたし》の心《こころ》は、決意《けつい》で熱《あつ》くもえていた。

どんな小《ちい》さなことでもいい、何度《なんど》でも、何度《なんど》でもあの映像《えいぞう》を見《み》なおして、絶対《ぜったい》に手《て》がかりを見《み》つけだしてみせる。

そして、クリスマス会《かい》までに、オーナメントを取《と》りもどしてみせる……！

私《わたし》はこぶしをにぎりしめ、窓《まど》の外《そと》を見《み》つめた。

窓《まど》のむこうでは、夜空《よぞら》に舞《ま》う雪《ゆき》が、街灯《がいとう》の光《ひかり》をキラキラと反射《はんしゃ》していた。

8 まさかの同一人物《どういつじんぶつ》

千堂《せんどう》さんたちが帰《かえ》ったあと、私《わたし》と颯太《そうた》はさっそくタブレットを起動《きどう》して、さっき入《い》れてもらった防犯《ぼうはん》カメラの映像《えいぞう》を再生《さいせい》した。

千堂《せんどう》さんは、映像《えいぞう》を、撮影場所《さつえいばしょ》と時間《じかん》ごとにファイルに分《わ》けて入《い》れてくれたみたい。

一《ひと》つ目《め》のファイルを再生《さいせい》すると、ちょうど、トラネコ宅配《たくはい》のお兄《にい》さんが、段《だん》ボール箱《ばこ》を抱《かか》えて門《もん》を入《はい》っていくところだった。

「千堂《せんどう》さん、この映像《えいぞう》も入《い》れてくれたんだな」

「それにしてもこの人《ひと》、いくらなんでも迷《まよ》いすぎだよね。職員室《しょくいんしつ》がどこかわからないのはしょうがないけど、出口《でぐち》がわからなくて遊戯室《ゆうぎしつ》の裏側《うらがわ》に出《で》ちゃうなんて、そんなこと、ある？」

「方向音痴《ほうこうおんち》なのに配達員《はいたついん》をするのは大変《たいへん》だろうなあ。運転《うんてん》してる時《とき》も道《みち》で迷《まよ》ったりしてそう」

映像《えいぞう》を見《み》ながら、颯太《そうた》と二人《ふたり》であぁだこうだ話《はな》していたら、

「ふわぁ〜あ」

昼寝《ひるね》をしていたちなつちゃんが、むっくりと起《お》き上《あ》がった。

ごしごしと目《め》をこすりながら、こっちに歩《ある》いてきて、私《わたし》のひざの上《うえ》にちょこんと座《すわ》った。

「これ、てべり？」

ちなつちゃんは、タブレットの画面《がめん》を見《み》て、きょとんと首《くび》をかしげた。

「うーん、テレビというかビデオというか何《なん》というか……」

どう言《い》えばいいかな、って考《かんが》えながら口《くち》ごもっているうちに、タブレットでは、トラネコ宅配《たくはい》のお兄《にい》さんが、エリコ先生《せんせい》と話《はな》しているところがうつしだされた。

「あ！　ごっちんしたひと！」

ちなつちゃんは、トラネコ宅配《たくはい》のお兄《にい》さんを見《み》て、指《ゆび》をさした。

「ちなつちゃん、この人《ひと》を見《み》たことあるの？」

「なっちゃんがね、けんけんぱ、ってしてね、ちゃきちゃんが、あぶないよ、っていって、なっちゃんが、ごっちんした！」

「ああ、そんなこと、あったね」

あれはたしか、一回目《いっかいめ》にオーナメントを飾《かざ》った時《とき》だったよね。

「でも、あの時《とき》にちなつちゃんがぶつかったのは、女《おんな》の人《ひと》だったじゃん。だからちがう人《ひと》だと思《おも》うよ」

「ううん。このひとだよ」

ちなつちゃんは、そう言《い》い張《は》る。

そこまで言《い》うなら、と思《おも》って、私《わたし》は映像《えいぞう》を止《と》めて、トラネコ宅配《たくはい》のお兄《にい》さんの顔《かお》を拡大《かくだい》してみた。

うーん、男《おとこ》の人《ひと》にしか思《おも》えないけどなぁ。

私《わたし》は今度《こんど》は軽《かる》く目《め》をとじて、ちなつちゃんがあの時《とき》にぶつかったのがどんな人《ひと》だったのかを思《おも》い出《だ》してみた。

たしか、髪《かみ》が肩《かた》につくぐらいの長《なが》さ、背《せ》が高《たか》くて、メイクが派手《はで》だった。

あの時《とき》の女《おんな》の人《ひと》と、この宅配《たくはい》のお兄《にい》さんが同《おな》じ人《ひと》とは思《おも》えないけどなぁ。

「でも、一応《いちおう》、千堂《せんどう》さんに連絡《れんらく》してみようかな」

私《わたし》はタブレットをタップして、通話《つうわ》アプリを立《た》ち上《あ》げた。

「連絡《れんらく》するほどのことか？　どう考《かんが》えても同一人物《どういつじんぶつ》なわけないだろ」

颯太《そうた》が笑《わら》う。

「この宅配《たくはい》の人《ひと》が女《おんな》の人《ひと》には見《み》えないし、ちなのすけがぶつかったのは、すっげぇハデな女《おんな》の人《ひと》だったし」

私《わたし》もそう思《おも》うけど……でも、ちなつちゃんはウソをつくような子《こ》じゃないもん。

「私《わたし》は、ちなつちゃんの直感《ちょっかん》を信《しん》じるよ」

私《わたし》は通話《つうわ》アプリで千堂《せんどう》さんに連絡《れんらく》して、ちなつちゃんが言《い》っていることを伝《つた》えた。

千堂《せんどう》さんは、笑《わら》うことも疑《うたが》うこともせず、

「そうですか、ちなつちゃんがそのようなことを言《い》っていたのですね。わかりました。こちらで確認《かくにん》してみます」

と真顔《まがお》で言《い》ってくれた。

「ねえねえ、ちゃきちゃん。おなかちゅいた」

「そうだね、おやつ食《た》べようか」

帰《かえ》ってきてからいっぱい泣《な》いて、おやつも食《た》べずにずっと寝《ね》てたもんね。おなかすいたよね。

「待《ま》ってて。ドーナツ持《も》ってくるから」

「わーい！　どーなつ、ぱべるー！」

私《わたし》たちは一階《いっかい》におりて、ダイニングテーブルで、三人《にん》でドーナツを食《た》べた。

我《わ》が家《や》のダイニングは、この時季《じき》、おひさま幼稚園《ようちえん》のツリーに比《くら》べれば小《ちい》さいけど、けっこう大《おお》きいクリスマスツリーを出《だ》してるんだよ。イルミネーションライトもつけて、ピカピカ光《ひか》ってるの。

ちなつちゃんをひざの上《うえ》にのせて、ツリーをながめながらドーナツを食《た》べていたら、
チカッ。

ちなつちゃんの目《め》が、緑色《みどりいろ》に光《ひか》った。

目《め》が緑色《みどりいろ》に光《ひか》るのは、ちなつちゃんが未来《みらい》を見《み》る時《とき》の合図《あいず》。

「おっ」

颯太《そうた》がドーナツを口《くち》に運《はこ》ぶ手《て》を止《と》めて、ちなつちゃんを凝視《ぎょうし》した。

私《わたし》も颯太《そうた》も、かたずをのみ、ちなつちゃんが何《なに》を言《い》うのか、待《ま》った。

もしかしたら、オーナメントのありかの手《て》がかりになるような未来《みらい》を見《み》てくれるかも！

「ちゅりーで、とおせんぼ！」

ツリーで、とおせんぼ……？

うーん。

意味《いみ》がわからなすぎて、ヒントにはならないよ。

私《わたし》と颯太《そうた》は顔《かお》を見合《みあ》わせ、肩《かた》をすくめた。

＊＊＊

ドーナツを食《た》べおえて、私《わたし》の部屋《へや》にもどると、ぴかぴかぴかっ。

「あっ。千堂《せんどう》さんからだ」

タブレットから着信《ちゃくしん》を知《し》らせるライトが光《ひか》ったので、私《わたし》は画面《がめん》をタップして応答《おうとう》した。

「トラネコ宅配《たくはい》の事務所《じむしょ》に問《と》い合《あ》わせました」

画面《がめん》にうつった千堂《せんどう》さんは、険《けわ》しい顔《かお》つきをしている。

ただならぬ雰囲気《ふんいき》に、私《わたし》はいずまいを正《ただ》し、ごくりとつばをのみこんだ。

「トラネコ宅配《たくはい》によりますと、あの日《ひ》に、おひさま幼稚園《ようちえん》に配達物《はいたつぶつ》があったという記録《きろく》はないそうです」

「「え」」

私《わたし》と颯太《そうた》は同時《どうじ》に声《こえ》をあげた。

「配達物《はいたつぶつ》があったという記録《きろく》はないって、じゃあ、この防犯《ぼうはん》カメラに残《のこ》っているのは、トラネコ宅配《たくはい》の配達員《はいたついん》ではないってことですか？」

颯太《そうた》が冷静《れいせい》にたずねかえす。

「そういうことになりますね」

――どくん。

私《わたし》は、心臓《しんぞう》が大《おお》きく跳《は》ねるのが自分《じぶん》でもわかった。

「大至急調査《だいしきゅうちょうさ》します。ちなつちゃん、非常《ひじょう》に大《おお》きなヒントをありがとう」

千堂《せんどう》さんはそれだけ言《い》うと、あわただしく通話《つうわ》をおえた。

――どくん、どくん……！

鼓動《こどう》がどんどん速《はや》くなる。

手《て》がかりが一《ひと》つもなかったけど、やっと、糸口《いとぐち》が見《み》つかったかも……！

9 雪《ゆき》だるまのひとみ

その夜《よる》、私《わたし》はなかなか寝《ね》つけなかった。

あの配達員《はいたついん》がニセモノってことはわかったけど、それ以外《いがい》のことは何《なに》もわからなかった。

オーナメントがなくなったことと、あの配達員《はいたついん》と、何《なに》か関係《かんけい》あるのかな……。

などと考《かんが》えていたら、頭《あたま》がギンギンしてきて、寝《ね》られそうにない。

ちなつちゃんは、私《わたし》と同《おな》じ布団《ふとん》の中《なか》で、すやすやと寝息《ねいき》をたてながら、丸《まる》くなって寝《ね》ている。

「どーなつ、そんなにぱべられないよ……むにゃむにゃ」

あはは。

ちなつちゃん、夢《ゆめ》の中《なか》でまでドーナツ食《た》べてる！

「今日《きょう》は大活躍《だいかつやく》だったね、ちなつちゃん」

私《わたし》は、ちなつちゃんの寝顔《ねがお》にそっと語《かた》りかけた。

あの配達員《はいたついん》がニセモノってわかったのは、大発見《だいはっけん》だったよね！

ちなつちゃん、よく気《き》づいてくれたなあ。

これが何《なに》か大《おお》きな手《て》がかりになって、なくなったオーナメントも見《み》つかればいいな。

クリスマス会《かい》まで、あと二日《ふつか》か……。

間《ま》に合《あ》うといいなぁ。


寝《ね》られそうにないから、もう一回《いっかい》、防犯《ぼうはん》カメラの映像《えいぞう》を見《み》てみようかな。

私《わたし》は、ちなつちゃんを起《お》こさないよう気《き》をつけて、そっと布団《ふとん》から出《で》た。

「さむ……！」

上着《うわぎ》を羽織《はお》りながら机《つくえ》にむかっていると、

「おっとっと」

足《あし》が、何《なに》かにひっかかった。

私《わたし》のつま先《さき》が、ちなつちゃんの手提《てさ》げバッグの取《と》っ手《て》にひっかかっちゃったみたい。

「もう、ちなつちゃんったら。ちゃんとフックにかけておいてっていつも言《い》ってるのに」

やれやれ。

私《わたし》は、床《ゆか》におきっぱなしだった手提《てさ》げバッグを拾《ひろ》いあげた。

中《なか》から何《なに》かが飛《と》びだしている。

ちなつちゃんが作《つく》った、雪《ゆき》だるまのオーナメントだ。

「ふふふ。このオーナメント、見《み》れば見《み》るほどすっごく可愛《かわい》い」

それに、この、目《め》に使《つか》われているパーツ！

他《ほか》のパーツよりもきれいで、ひときわキラキラしてる！

まるで本物《ほんもの》の宝石《ほうせき》みたい。

白《しろ》い画用紙《がようし》に、赤《あか》い目《め》がよく映《は》えてる。

私《わたし》は、雪《ゆき》だるまの目《め》に使《つか》われている真《ま》っ赤《か》なパーツを、うっとりと見《み》つめた。

これ、スミレちゃんと一緒《いっしょ》に飾《かざ》る約束《やくそく》をしているから、って言《い》ってツリーには飾《かざ》らずにそのまま持《も》って帰《かえ》ってきちゃったけど。

幼稚園《ようちえん》のツリーには、もう、飾《かざ》れないのかなぁ。

今年《ことし》のクリスマス会《かい》、どうなっちゃうんだろう。

私《わたし》はため息《いき》をつきながら、雪《ゆき》だるまのオーナメントを手提《てさ》げバッグに入《い》れて、フックにひっかけた。

――ん？

ちょっと待《ま》って。

私《わたし》、何《なに》か大《おお》きなことを見落《みお》としてる気《き》がする。

何《なん》だろう。

何《なに》か、とても大《おお》きなこと――。


違和感《いわかん》はあるのに、その正体《しょうたい》が何《なん》なのかわからなくて、もやもやする。

もどかしい思《おも》いを抱《かか》えながら、私《わたし》は机《つくえ》にむかって座《すわ》り、タブレットを手《て》に取《と》った。

もう一度《いちど》、防犯《ぼうはん》カメラの映像《えいぞう》を再生《さいせい》してみる。

一回目《いっかいめ》に飾《かざ》りつけをしている映像《えいぞう》をながめていると、どの子《こ》もみんな楽《たの》しそうにオーナメントを飾《かざ》っている。

ちなつちゃんが飾《かざ》りおえて、私《わたし》たちが遊戯室《ゆうぎしつ》をあとにしてから、少《すこ》しあとの時刻《じこく》。

暖房《だんぼう》の修理業者《しゅうりぎょうしゃ》の男女二人組《だんじょふたりぐみ》が遊戯室《ゆうぎしつ》に入《はい》ってきたところで、私《わたし》は映像《えいぞう》を止《と》めた。

拡大《かくだい》して、じっくり見《み》てみる。

……わかった!

この二人組《ふたりぐみ》、どこかで見《み》たことがあると思《おも》ってたの!

この人《ひと》たちこそ、ちなつちゃんがごっちんした人《ひと》だ!

でも、トラネコ宅配《たくはい》のお兄《にい》さんも、ちなつちゃんがごっちんした人《ひと》なわけで……。

暖房修理業者《だんぼうしゅうりぎょうしゃ》の女《おんな》の人《ひと》の顔《かお》がもっとはっきりと見《み》たくて、私《わたし》は何度《なんど》も映像《えいぞう》を巻《ま》きもどして再生《さいせい》した。

二人《ふたり》は、園長先生《えんちょうせんせい》からもらった図面《ずめん》を熱心《ねっしん》にのぞきこんでいる。

しっかり修理《しゅうり》のお仕事《しごと》をしているみたいだし、あやしいところはなさそう。

『女性《じょせい》の方《ほう》は、もしかしたら外国《がいこく》の方《かた》なのかな、言葉《ことば》を話《はな》せないようだったけど、テキパキ働《はたら》いててね、えらいわねぇ、立派《りっぱ》ねぇ、ってみんな絶賛《ぜっさん》してました』

久野先生《くのせんせい》も、そう言《い》ってたっけ。

——あれ、ちょっと待《ま》って。

ちなつちゃんとぶつかった時《とき》、あの女《おんな》の人《ひと》、ふつうに話《はな》してたよね……？

って言《い》ってたの、聞《き》こえたもん。

『おっと、ごめん！』

ぶつかった瞬間《しゅんかん》にとっさに出《で》てきた言葉《ことば》が日本語《にほんご》ってことは、少《すく》なくとも、日本語《にほんご》が話《はな》せるってことだよね……？

なのに、どうして、先生《せんせい》たちの前《まえ》では話《はな》せないふりをしたんだろう。

それに、もしちなつちゃんの直感《ちょっかん》が当《あ》たっているとするなら、この女《おんな》の人《ひと》と、トラネコ宅配《たくはい》の男性《だんせい》は、同一人物《どういつじんぶつ》なんだよね？

宅配業者《たくはいぎょうしゃ》の格好《かっこう》をしてる時《とき》は——男性《だんせい》の姿《すがた》の時《とき》は——ふつうに話《はな》してたってことだよね？

ってことは、本当《ほんとう》は男《おとこ》の人《ひと》で、声《こえ》で女性《じょせい》のふりをしていることがバレないように、話《はな》せないふりをしていた……？

そういえば、颯太《そうた》が不審《ふしん》がってたっけ。

腕《うで》まくりをしてるし暑《あつ》がりみたいなのに、首《くび》もとにはしっかりマフラーを巻《ま》いてるのはおかしい、って。

マフラーを巻《ま》いてたのは、ひょっとして、のどぼとけを隠《かく》すため……？


——どくん。


どくん、どくん……！

私《わたし》の心臓《しんぞう》が、早鐘《はやがね》を打《う》ちはじめた。

何《なに》かが、おかしい。

ここに、きっと、大《おお》きなカギがある……！

この人《ひと》が、女《おんな》の人《ひと》のふりをしているのには、きっとわけがある。

もしかしたら、これを手《て》がかりに、オーナメントのありかがわかるかも……！

10 目《め》は口《くち》ほどに物《もの》を言《い》う

私《わたし》は時計《とけい》を見上《みあ》げた。

今《いま》は夜《よる》の8時半《じはん》。

この時間《じかん》なら、颯太《そうた》はきっと、まだ起《お》きてるよね。

ちなつちゃんは、ぐっすり寝《ね》ている。

私《わたし》は、フックにかけた手提《てさ》げバッグにタブレットを入《い》れると、部屋《へや》の窓《まど》を開《あ》けた。

「うわ、さぶ……っ！」

夕方《ゆうがた》まだちらついていた雪《ゆき》は、もうやんだけど、空気《くうき》は肌《はだ》を切《き》るように冷《つめ》たい。

窓《まど》わくを乗《の》りこえて、窓《まど》をしっかりと閉《し》める。

「つべたっ！」

屋根《やね》は、思《おも》っていた以上《いじょう》に冷《つめ》たくて、まるで氷《こおり》の板《いた》みたい。

颯太《そうた》は、いつも屋根《やね》づたいに私《わたし》の部屋《へや》に来《く》るけど、こんなに大変《たいへん》な思《おも》いをして来《き》てくれてたんだ……！

しかも、わかっちゃいたけど、二階《かい》は高《たか》い。

私《わたし》は高《たか》いところが苦手《にがて》だから、なるべく下《した》を見《み》ないように、地面《じめん》から目《め》をそらして、まっすぐ前《まえ》だけを見《み》て、一歩《いっぽ》、足《あし》を進《すす》めた。

あと三歩《ぽ》で、颯太《そうた》の部屋《へや》にたどりつく。

がんばれ、私《わたし》。

——ゆらり。

颯太《そうた》の部屋《へや》のカーテンが、小《ちい》さくゆれた。

と思《おも》ったら、

——ガラッ！

いきおいよく窓《まど》が開《あ》き、

「おまえ、何《なに》やってんだよ！　あぶないだろ！」

叫《さけ》ぶやいなや、颯太《そうた》が窓《まど》から飛《と》びだしてきて、がしっと私《わたし》の手《て》をつかみ、強《つよ》くひっぱった。

「高所恐怖症《こうしょきょうふしょう》のくせに何《なん》でこんなことしてるんだ。目《め》、つぶっとけ」

「だって、颯太《そうた》がいつもこうやって私《わたし》の部屋《へや》に来《く》るから……」

「ばーか。おれと実咲《みさき》の運動神経《うんどうしんけい》を一緒《いっしょ》にするな」

「う……」

言《い》いかえせないのが悔《くや》しい。

「で、どうしたんだ。何《なに》があった？」

無事《ぶじ》、窓《まど》わくを乗《の》りこえて颯太《そうた》の部屋《へや》に入《はい》ると、

「うわっ」

私《わたし》は思《おも》わず顔《かお》をしかめてしまった。

床《ゆか》は本《ほん》や雑誌《ざっし》、他《ほか》にもよくわからない実験《じっけん》キットのようなものが散乱《さんらん》していて、一歩踏《いっぽふ》み入《い》れるのも一苦労《ひとくろう》だ。

颯太《そうた》はそれを何《なん》とも思《おも》わないのか、なだれをおこしている本《ほん》やノートを無造作《むぞうさ》に積《つ》み重《かさ》ねて、部屋《へや》のすみにぐいっとおしやり、スペースを作《つく》ると、腰《こし》を下《お》ろしてあぐらをかい

た。

「実咲《みさき》もそのへんに座《すわ》ったら？」

そう言《い》われたところで、座《すわ》る場所《ばしょ》なんてない。

「えっと……どこに？」

「てきとうにそのへんの物《もの》をずらせば、座《すわ》るスペースぐらいできるだろ」

颯太《そうた》はえらそうに言《い》うけど、少《すこ》しは片付《かたづ》けたらどうかと思《おも》う。

私《わたし》は、あたりに散乱《さんらん》している本《ほん》を一冊《いっさつ》、手《て》にとってみた。

漢字《かんじ》がいっぱいで、小《ちい》さな文字《もじ》がびっしりとページを埋《う》めている。パラパラとめくってみたけど、挿絵《さしえ》もない。

颯太《そうた》って、ふだん、こういう本《ほん》を読《よ》んでるんだ……。

「で、どうしたんだ」

颯太《そうた》に声《こえ》をかけられて、私《わたし》はあわてて、持《も》っていた本《ほん》をとじて、積《つ》み重《かさ》ねた本《ほん》の山《やま》のてっぺんに置《お》いた。

「実咲《みさき》がわざわざ来《く》るなんて、よっぽど何《なに》かがあったんだろ？」

「うん。あのね、すごいことに気《き》づいちゃったの！」

私《わたし》はタブレットを起動《きどう》して、防犯《ぼうはん》カメラの映像《えいぞう》を見《み》せながら、本題《ほんだい》に入《はい》った。

「この二人組《ふたりぐみ》、どこかで見《み》たことがあるなって思《おも》ってたの。それで、さっき、どこで見《み》たのか思《おも》い出《だ》したの！　颯太《そうた》、わかる？」

「わかんねえ。おれ、会《あ》ったことないと思《おも》う」

「それがね、会《あ》ってるの、私《わたし》たち！　この人《ひと》と！」

ちなつちゃんが道《みち》ばたでぶつかった女《おんな》の人《ひと》、この人《ひと》だよ！

「ああ、あの時《とき》の……。たしかにおおがらな女性《じょせい》だったし、ちょっと似《に》てるかもなぁ」

「うん。それで、覚《おぼ》えてる？　ちなつちゃんがぶつかった女《おんな》の人《ひと》、赤《あか》と緑《みどり》のミサンガをしてたでしょ？」

「それは気《き》づかなかった」

「してたの。それを見《み》た時《とき》、私《わたし》、クリスマスカラーだ！　って思《おも》ったこと、覚《おぼ》えてるもん」

「へー。そんなの、よく見《み》てたな」

「ふふん」

こういうことに気《き》づいたり覚《おぼ》えてたりするのって、いつもは颯太《そうた》の方《ほう》だから、私《わたし》の方《ほう》が覚《おぼ》えてるのって、何《なん》だかうれしい。

「で、ほら。トラネコ宅配《たくはい》の、この人《ひと》」

私《わたし》は、防犯《ぼうはん》カメラの映像《えいぞう》を止《と》めて、最大限拡大《さいだいげんかくだい》した。

「ここ、見《み》て。うっすらとミサンガっぽいのが見《み》えない？」

袖《そで》をまくっている男性《だんせい》の手首《てくび》に、何《なに》か、カラフルなひものようなものが見《み》える。

「言《い》われてみれば……」

颯太《そうた》が画面《がめん》に顔《かお》を近《ちか》づけて、食《く》い入《い》るように見《み》つめて確認《かくにん》している。

「でしょ？　つまり、このトラネコ宅配《たくはい》の男《おとこ》の人《ひと》と、暖房《だんぼう》の修理業者《しゅうりぎょうしゃ》の女《おんな》の人《ひと》は、同一人《どういつじん》物《ぶつ》ってわけ。だから、ちなつちゃんの言《い》ってたことは正《ただ》しいんだよ！」

「なるほど。そういうことになるな。うーん、待《ま》てよ。何《なん》だか混乱《こんらん》してきた。——ちょっと、整理《せいり》しようぜ」

颯太《そうた》は、私《わたし》のそばに積《つ》み重《かさ》なっている本《ほん》やノートの山《やま》に手《て》を伸《の》ばすと、上《うえ》から五冊目《さつめ》あたりにある、紫《むらさき》の表紙《ひょうし》のノートを、まるでだるま落《お》としのようにして素早《すばや》くひっこぬいた。

でも、うまくいかなくて、山《やま》はくずれてなだれを起《お》こした。それを何《なん》とも思《おも》わないのか、
颯太《そうた》は紫《むらさき》の表紙《ひょうし》のノートをひらいた。

「……言《い》いたかないけどさ——」

「だったらだまってろよ」

「……」

私《わたし》はだまっておくことにした。

でもきっと、私《わたし》の目《め》は口《くち》ほどに「こんなにちらかってるのに、目当《めあ》てのものがどこにあるのかわかってるの、すごいね」とか「考《かんが》えを整理《せいり》する前《まえ》に、部屋《へや》を整理《せいり》したら？」と言《い》っているにちがいない。

颯太《そうた》はきまり悪《わる》そうに私《わたし》から目《め》をそらすと、

「つまり、こういうことだろ」

と、さっき話《はな》したことを、一《ひと》つずつ書《か》きだした。

・配達員《はいたついん》（男《おとこ》）はトラネコ宅配《たくはい》の人《ひと》ではない。
・暖房《だんぼう》を修理《しゅうり》した男女二人組《だんじょふたりぐみ》の女《おんな》の人《ひと》は、配達員《はいたついん》の男《おとこ》の人《ひと》と同一人物《どういつじんぶつ》。

「それとね、他《ほか》にも気《き》づいたことがあるの！」

私《わたし》は颯太《そうた》に、この女《おんな》の人《ひと》はきっと男《おとこ》の人《ひと》で間違《まち》いないこと、でも自分《じぶん》が男《おとこ》だってバレないように、暑《あつ》がりなのにマフラーを巻《ま》いたり、先生《せんせい》たちの前《まえ》で言葉《ことば》を話《はな》さない（つまり声《こえ》を出《だ》さない）よう気《き》をつけたりしていたみたい、ってことも話《はな》した。

「そんなの、絶対《ぜったい》にあやしいよね！」

「なるほど……。でも、そもそも何《なん》で、そこまでして女《おんな》の人《ひと》のふりをするんだ？」

「ここからが、私《わたし》の仮説《かせつ》なんだけどね……」

私《わたし》は、もう一《ひと》つ、タブレットと一緒《いっしょ》に手提《てさ》げバッグに入《い》れていたものを取《と》りだした。

「ちなつのオーナメントじゃん。これがどうしたんだ」

「この雪《ゆき》だるまの目《め》、見《み》てみて」

「ないしょのサンタさんにもらったパーツだろ？　これがどうかしたのか？」

「これ、今《いま》、赤《あか》いよね」

私《わたし》は、ちなつちゃんの雪《ゆき》だるまの目《め》のところに貼《は》ってあるパーツを指《さ》して言《い》った。

「そりゃ、色《いろ》ぐらいわかるけど……」

と言《い》いながらも、颯太《そうた》は何《なに》かがひっかかるようで、

「……ん？　ちょっと待《ま》てよ……」

と、目《め》をふせて、眉間《みけん》にしわをよせた。

「これ、前《まえ》に見《み》た時《とき》は、たしか緑《みどり》だったよな？」

ふふふ。

颯太《そうた》も気《き》づいたみたい！

「そうなの！　絶対《ぜったい》に緑《みどり》だった！　だって、これを最初《さいしょ》に見《み》た時《とき》、ちなつちゃんが未来《みらい》を見《み》る時《とき》の目《め》と同《おな》じ色《いろ》だ、って思《おも》ったこと、覚《おぼ》えてるもん」

そう。

間違《まちが》いない。

このオーナメントに使《つか》われている目《め》のパーツ、はじめは絶対《ぜったい》に緑色《みどりいろ》だった。

なのに、今《いま》は赤《あか》いの。

「ね、颯太《そうた》。百貨店《ひゃっかてん》の宝石泥棒《ほうせきどろぼう》のニュース、知《し》ってる？」

「ああ。容疑者《ようぎしゃ》の家《いえ》を家宅捜索《かたくそうさく》したけど何《なに》も見《み》つからなかったっていうやつだろ？」

「え。何《なに》それ」

そんなの初耳《はつみみ》。

思《おも》わず聞《き》きかえしたら、

「その話《はなし》じゃないのかよ」

って、颯太《そうた》はあきれまじりに顔《かお》をしかめた。

「私《わたし》が知《し》ってるのは、駅前《えきまえ》の百貨店《ひゃっかてん》で『女神《めがみ》のなみだ』とかいう宝石《ほうせき》が盗《ぬす》まれたとかいう……」

「だからそれを盗《ぬす》んだ容疑者《ようぎしゃ》の話《はなし》じゃないのか？　家宅捜索《かたくそうさく》したけどなんにも出《で》てこなかったらしいじゃん」

「へー、そうなんだ」

するとと颯太《そうた》はスマホをいじり、

「ほい、出《で》てきた。読《よ》んでみろよ」

と、私《わたし》に画面《がめん》を見《み》せてきた。そこには、この事件《じけん》に関連《かんれん》するネットニュースが表示《ひょうじ》されている。

ざっと目《め》をとおすと、容疑者《ようぎしゃ》について、そのあとの詳《くわ》しい捜査《そうさ》の様子《ようす》が書《か》かれていた。

周囲《しゅうい》の目撃情報《もくげきじょうほう》などから、容疑者《ようぎしゃ》が県内在住《けんないざいじゅう》の20代前半《だいぜんはん》の男性二人組《だんせいふたりぐみ》ってことは特定《とくてい》されたんだって。

ただ、宝飾品《ほうしょくひん》フロアには防犯《ぼうはん》カメラがいくつか設置《せっち》されてるはずなのに、そのどれにも、はっきりと顔《かお》がわかるような角度《かくど》では映《うつ》ってなかったらしい。

また、家宅捜索《かたくそうさく》を行《おこな》った結果《けっか》、盗《ぬす》まれた宝飾品《ほうしょくひん》も、証拠《しょうこ》になりそうなものも、何《なに》も見《み》つからなかったんだって。

それでも警察《けいさつ》は、その二人組《ふたりぐみ》があやしいとみて捜査《そうさ》をつづけてるみたい。

「ふーん……この二人組《ふたりぐみ》のことは知《し》らなかったんだけどね、そのアレキサンドライトって、昼《ひる》と夜《よる》で色《いろ》が変《か》わって見《み》えるめずらしい宝石《ほうせき》なんだよね？」

「ああ。昼《ひる》はエメラルド、夜《よる》はルビー、って言《い》ってたな」

「それ！　光《ひかり》の加減《かげん》によって色《いろ》が変《か》わる宝石《ほうせき》なんだって。昼《ひる》の太陽光《たいようこう》の下《した》ではエメラルド、つまり緑色《みどりいろ》に見《み》えるの。そして夜《よる》は、室内《しつない》の人工照明《じんこうしょうめい》とかの下《した》ではってことだけど、そういう時《とき》はルビー、つまり、赤色《あかいろ》に見《み》える――私《わたし》が言《い》いたいこと、わかる？」

私《わたし》はそこで言葉《ことば》を止《と》めて、颯太《そうた》の反応《はんのう》を待《ま》った。

颯太《そうた》はしばらく首《くび》をかしげて考《かんが》えこんでいたけど、やがて「あっ」と小《ちい》さく声《こえ》をあげた。

ふふふ。

わかってくれたみたい。

「これ、まさか……！」

目《め》を大《おお》きく見開《みひら》き、ちなつちゃんが作《つく》った雪《ゆき》だるまのオーナメントをしげしげと見《み》つめた。

「うん。ちなつちゃんが作《つく》った雪《ゆき》だるまのオーナメント、きっと、本物《ほんもの》の宝石《ほうせき》が使《つか》われてる！　スミレちゃんのもそうなんじゃないのかな。だって、同《おな》じパーツを使《つか》ってた」

「あいつ、マジか……！」

颯太《そうた》は、興奮《こうふん》したように、

・アレキサンドライト

と、紫《むらさき》の表紙《ひょうし》のノートに書《か》きくわえた。

もしこれが本物《ほんもの》の宝石《ほうせき》だとすれば――十中八九《じっちゅうはっく》、そうだと思《おも》うんだけど――今回《こんかい》のオーナメント盗難事件《とうなんじけん》、いろいろなことがつながってきた。

・配達員《はいたついん》がニセモノだった。

・暖房《だんぼう》の修理《しゅうり》の人《ひと》が女《おんな》の人《ひと》のふりをしていた。

・本当《ほんとう》は話《はな》せるのに話《はな》せないふりをしていた。

・ないしょのサンタさんからパーツがたくさん届《とど》いた。

・オーナメントを飾《かざ》ったら、すぐに盗《ぬす》まれた。

・雪《ゆき》だるまのオーナメントに使《つか》われているパーツは、アレキサンドライト。

・百貨店《ひゃっかてん》から盗《ぬす》まれたのはアレキサンドライトの宝飾品《ほうしょくひん》。

・容疑者《ようぎしゃ》は、県内《けんない》に住《す》む男性二人組《だんせいふたりぐみ》。

・家宅捜索《かたくそうさく》をしたけど、盗品《とうひん》は見《み》つからなかった。

颯太《そうた》がノートに書《か》きつらねた、これらのことがらは、一見関係《いっけんかんけい》のなさそうなことばかりだけど。

ぴたっ。ぴたぴたぴた……！

バラバラだったパズルのピースがきれいにはまっていくように。

一《ひと》つの目的《もくてき》にむけて、つながっていく。

「つまり――」

颯太《そうた》が、ごくりとつばを飲《の》みこんだ。

「宝石泥棒《ほうせきどろぼう》の犯人《はんにん》は、盗《ぬす》んだアレキサンドライトを、たくさんのビーズやスパンコールやプラスチックパーツにまぎれこませて、おひさま幼稚園《ようちえん》に届《とど》けたってわけか」

「うん。そういうことだと思《おも》う」

いろんな種類《しゅるい》のパーツがごちゃまぜになっている中《なか》に、たった四《よっ》つだけ、本物《ほんもの》の宝石《ほうせき》をまぎれこませて、ないしょのサンタさんからのプレゼントとして、幼稚園《ようちえん》に届《とど》けた。

配達員《はいたついん》のふりをしたのは、このパーツを幼稚園《ようちえん》に届《とど》けるため。

園児《えんじ》たちは、他《ほか》のデコレーションパーツと一緒《いっしょ》に、本物《ほんもの》の宝石《ほうせき》もオーナメントに貼《は》るはず。それを回収《かいしゅう》すれば、宝石《ほうせき》は犯人《はんにん》たちの手《て》もとにもどる。

「なるほど。一時的《いちじてき》な保管場所《ほかんばしょ》として、まさか幼稚園《ようちえん》を選《えら》ぶとは警察《けいさつ》も思《おも》わないよなぁ」

幼稚園児《ようちえんじ》の手作《てづく》りオーナメントなんて、園児《えんじ》たちにとっては宝物《たからもの》だけど、他《ほか》の人《ひと》から見《み》たらたいしたものじゃないから、きっとおおごとにならない——って犯人《はんにん》は考《かんが》えたのかもしれない。

——そんなことのために、みんなが心《こころ》をこめて作《つく》ったオーナメントを盗《ぬす》むなんて、許《ゆる》せないよね！

11 罠《わな》

わーい！

今日《きょう》から、待《ま》ちに待《ま》った冬休《ふゆやす》み！

私《わたし》はやたら早《はや》く目《め》が覚《さ》めて、まだ誰《だれ》も起《お》きてこないうちから、一人《ひとり》で下《した》におりて朝《あさ》ごはんを食《た》べた。

「ふわぁあ。おはよ。実咲《みさき》ったら、休《やす》みの日《ひ》は早《はや》く起《お》きるよね」

シリアルを食《た》べてたら、ママがあくびまじりにダイニングに入《はい》ってきた。

「だって、休《やす》みの日《ひ》って、何《なん》かうれしいじゃん」

「幼稚園《ようちえん》より小学校《しょうがっこう》の方《ほう》が早《はや》く冬休《ふゆやす》みに入《はい》るって、不思議《ふしぎ》な感《かん》じね」

ママが笑《わら》う。

そうなの。ちなつちゃんの幼稚園《ようちえん》は、明日《あした》まで。

明日《あした》はいよいよ、おひさま幼稚園《ようちえん》のクリスマス会《かい》なんだよ。

「今日《きょう》も明日《あした》も、ちなつちゃんの送《おく》り迎《むか》えはまかせてね！」

今日《きょう》は、ちなつちゃんを送《おく》りに行《い》く時《とき》は、颯太《そうた》も一緒《いっしょ》に行《い》くことになっている。昨日《きのう》、そう約束《やくそく》したんだ。

でも颯太《そうた》、早起《はやお》きが苦手《にがて》なのに大丈夫《だいじょうぶ》かな。

……ふふふ。

私《わたし》は、颯太《そうた》の部屋《へや》のひどいありさまを思《おも》い出《だ》して、心《こころ》の中《なか》で笑《わら》った。

何《なん》でもカンペキにこなす颯太《そうた》だけど、朝《あさ》は弱《よわ》いし、片付《かたづ》けも苦手《にがて》なんだね。颯太《そうた》にも苦《にが》手《て》なことがあるってわかって、何《なん》だかうれしい。

＊＊＊

「おはようございます」

意外《いがい》なことに、颯太《そうた》はちゃんと起《お》きて、一緒《いっしょ》にちなつちゃんを送《おく》りに行《い》くのについてきた。

「実咲《みさき》ちゃん、颯太《そうた》くん、おはよう。——そうか、学校《がっこう》は今日《きょう》から冬休《ふゆやす》みなんだね」

ちなつちゃんを連《つ》れて現《あらわ》れた私《わたし》たちを見《み》て、穂積先生《ほづみせんせい》は一瞬目《いっしゅんめ》を丸《まる》くしたけど、すぐに納得顔《なっとくがお》になって、にっこり笑《わら》った。

「はい！　今日《きょう》から冬休《ふゆやす》みなんです！」

「じゃあね、ちゃきちゃん！　そーたくんも！　ばいばいたっち！」

「またお迎《むか》えにくるからね。ばいばい、タッチ！」

私《わたし》はしゃがんで、ちなつちゃんと両手《りょうて》をパチン！　とあわせた。

「そーたくんも！　ばいば……」

ちなつちゃんに言《い》われて、颯太《そうた》は「えっ、おれも？」と言《い》いながら、私《わたし》の横《よこ》にしゃがんだのに——。

「あ！　すみれちゃんだ！　すみれちゃーん！」

廊下《ろうか》にスミレちゃんとママが現《あらわ》れたのを見《み》ると、ちなつちゃんは、たたたっ！　とそっちにむかって走《はし》っていった。

「おいおい……」

ばいばいタッチをする気《き》まんまんで両手《りょうて》を前《まえ》に出《だ》していた颯太《そうた》は、寂《さび》しそうにちなつちゃんのうしろ姿《すがた》をふりかえった。

颯太《そうた》、どんまい。


ちなつちゃんと別《わか》れて、ひよこ組《ぐみ》をあとにした私《わたし》と颯太《そうた》は、遊戯室《ゆうぎしつ》にむかった。

昨夜《さくや》、あのあとも防犯《ぼうはん》カメラの映像《えいぞう》を何度《なんど》か確認《かくにん》した私《わたし》たちは、遊戯室《ゆうぎしつ》に行《い》ってみようって決《き》めたの。

もしかしたら、犯人《はんにん》をつかまえる手《て》がかりが遊戯室《ゆうぎしつ》に残《のこ》っているかもしれないでしょ？

遊戯室《ゆうぎしつ》の中《なか》は、ひんやりとしていて、静《しず》かだった。

部屋《へや》の隅《すみ》には、深緑色《ふかみどりいろ》の大《おお》きなクリスマスツリーがひっそりと立《た》っている。

一昨日《おととい》は、その枝々《えだえだ》にすきまなくびっしりと色《いろ》とりどりのオーナメントが飾《かざ》られていて、部屋全体《へやぜんたい》がにぎやかな雰囲気《ふんいき》に包《つつ》まれていたのに。

今《いま》は、すべてのオーナメントがなくなっていて、深緑《ふかみどり》の枝《えだ》をむきだしにしたツリーが、寂《さび》しく立《た》っているだけだった。

犯人《はんにん》が遊戯室《ゆうぎしつ》に何《なに》か手《て》がかりを残《のこ》していないかと、私《わたし》と颯太《そうた》は、遊戯室《ゆうぎしつ》の中《なか》をすみずみまで見回《みまわ》ってみた。

ちょっとした物《もの》かげも、倉庫《そうこ》の中《なか》も、全部《ぜんぶ》。

でも、手《て》がかりになりそうなものは、何《なに》も見《み》つからない。

「スミレちゃん、元気《げんき》になってよかったよね」

ほぼあきらめモードに入《はい》った私《わたし》は、何《なに》かおしゃべりがしたくて、口《くち》をひらいた。

「そういえば、スミレちゃんの雪《ゆき》だるま、見《み》た？　思《おも》った通《とお》り、目《め》の部分《ぶぶん》、アレキサ……

ふがふがっ！」

ちょっと、何《なに》するのよ！

いつのまにか颯太《そうた》が私《わたし》の背後《はいご》に立《た》っていて、うしろから私《わたし》の口《くち》を手《て》でふさいでいた。

驚《おどろ》きから声《こえ》も出《だ》せずにいると、颯太《そうた》が私《わたし》の耳《みみ》もとで、小声《こごえ》でささやいた。

「手《て》をはなすけど、絶対《ぜったい》に声《こえ》を出《だ》すなよ」

な、何《なに》!?

何《なに》があるの!?

想像《そうぞう》するのもこわくて、私《わたし》は悲鳴《ひめい》が出《で》そうだったけど、すんでのところでこらえた。

どく、どく、どく、どく……。

私《わたし》の心臓《しんぞう》が、ありえない速《はや》さで早鐘《はやがね》を打《う》っている。

「手《て》、はなすけど、絶対《ぜったい》に何《なに》も話《はな》すなよ」

颯太《そうた》の息《いき》が耳《みみ》にかかる。

私《わたし》は、何《なに》も考《かんが》えられなくて、こくこくとうなずいた。

颯太《そうた》は、そっと、私《わたし》の口《くち》から手《て》をはなしてくれた。

そのまま、その手《て》をすっと伸《の》ばして、足《あし》もとのかべを指《ゆび》でさした。

何《なん》だろう……。

颯太《そうた》が指《さ》した先《さき》を見《み》ると、コンセントに、何《なに》か白《しろ》くて四角《しかく》いものが刺《さ》さっている。

颯太《そうた》は私《わたし》の手《て》をとると、手《て》のひらに指《ゆび》で何《なに》やら書《か》きはじめた。

と

「と？」

声《こえ》に出《だ》して、首《くび》をかしげると、

「ばか！」

しっ、と颯太《そうた》はくちびるに指《ゆび》をあてた。

そして、また私《わたし》の手《て》のひらに、次《つぎ》の文字《もじ》を書《か》く。

う

こうして颯太《そうた》は、一文字《ひともじ》ずつ書《か》いていった。

颯太《そうた》に書《か》かれた文字《もじ》をすべてつなげると、

と・う・ち ょ・う・き

になった。

とうちょうき……トウチョウキ……。

あまりになじみのない言葉《ことば》すぎて、私《わたし》の頭《あたま》の中《なか》でそれが「盗聴器《とうちょうき》」という言葉《ことば》に変換《へんかん》されるまで、しばらく時間《じかん》がかかった。

「えっ！　トウチョ……ふがふがふがっ！」

盗聴器《とうちょうき》!? って声《こえ》をあげかけた私《わたし》の口《くち》を、また颯太《そうた》の手《て》がふさぐ。

もう片方《かたほう》の手《て》で、颯太《そうた》は私《わたし》の腕《うで》をつかむと、遊戯室《ゆうぎしつ》の外《そと》へとひっぱっていった。

「ばかか、おまえは」

遊戯室《ゆうぎしつ》の外《そと》に出《で》ると、颯太《そうた》はつかんでいた私《わたし》の手《て》をはなし、こつんと頭《あたま》をたたいた。

「盗聴器《とうちょうき》がしかけられていることがおれたちにバレたってことが犯人《はんにん》にバレてしまうだろ」

颯太《そうた》がややこしいことを言《い》う。

「はい、ごめんなさい……」

しゅんとなる私《わたし》。

「それより、盗聴器《とうちょうき》がしかけられてること、早《はや》く久野先生《くのせんせい》に報告《ほうこく》しなくちゃ」

それに、どこかのクラスが遊戯室《ゆうぎしつ》を使《つか》う前《まえ》に、盗聴器《とうちょうき》を外《はず》しておかなくちゃ。

私《わたし》はそう言《い》ったのだけど、颯太《そうた》は腕《うで》をくみ、何《なに》やら考《かんが》えこんでいる。

「それもいいけど……。せっかく盗聴器《とうちょうき》があるんだから、それを使《つか》って、オーナメントを見《み》つけだすってのはどう？」
何《なに》を思《おも》いついたのやら、颯《そう》太《た》がにやりと笑《わら》った。

12 作《さく》戦《せん》

実咲《みさき》「わあすごーい、全部《ぜんぶ》の枝《えだ》がオーナメントでびっしり」
颯太《そうた》「キラキラだなぁ」
実咲《みさき》「どうか、今度《こんど》こそ、オーナメントがなくなりませんように」
颯太《そうた》「ないしょのサンタさんから届《とど》いたパーツ、使《つか》っても使《つか》っても使《つか》いきれなかったけど、これでついに、ぜーんぶ使《つか》いきっちゃったな」
実咲《みさき》「うん。もう、キラキラのパーツは一《ひと》つも残《のこ》ってなかったね」
颯太《そうた》「ここに飾《かざ》ってあるオーナメントは、今日《きょう》のクリスマス会《かい》がおわったら、みんなにかえすんだよな」
実咲《みさき》「少《すこ》ししか飾《かざ》れないのが残念《ざんねん》だね」
颯太《そうた》「クリスマス会《かい》は、今日《きょう》の10時《じ》からだったよな」

実咲《みさき》「それまでは、みんな、園庭《えんてい》で運動《うんどう》する時間《じかん》だね」

ここは遊戯室《ゆうぎしつ》。

私《わたし》と颯太《そうた》は、颯太《そうた》が作《つく》った台本《だいほん》を読《よ》み上《あ》げている。

私《わたし》たちの目《め》の前《まえ》にそびえるクリスマスツリーは、「オーナメントでびっしり」どころか、オーナメントなんて一《ひと》つも飾《かざ》られてなくて、緑色《みどりいろ》の枝《えだ》がむきだしになっているんだけどね。

それなのに、何《なん》で、まるでいっぱい飾《かざ》ってキラキラであるかのような会話《かいわ》をしているか、って？

それはね、犯人《はんにん》に聞《き》かせるため。

私《わたし》たちはわざと盗聴器《とうちょうき》の近《ちか》くで話《はな》してるの。

颯太《そうた》が思《おも》いついた作戦《さくせん》は、こう。

犯人《はんにん》をもう一度《いちど》、この遊戯室《ゆうぎしつ》におびきよせるの。

パーツを全部《ぜんぶ》使《つか》いきったはずなのに、どのオーナメントにも本物《ほんもの》の宝石《ほうせき》がないから、犯《はん》人《にん》は今《いま》ごろきっとあせってる。盗聴器《とうちょうき》の音声《おんせい》に、何《なに》がどうなっているか聞《き》き耳《みみ》をたてているにちがいない、って颯太《そうた》が言《い》うの。

だから、まだパーツが残《のこ》ってて、そのパーツを使《つか》って作《つく》ったオーナメントを飾《かざ》ったって知《し》ったら、絶対《ぜったい》にもう一回《いっかい》しのびこんでくるはずだ、って。

そこで私《わたし》たちは、颯太《そうた》が書《か》いた台本《だいほん》をもとに、へたな芝居《しばい》を打《う》っている。

「それにしても、このセリフ、説明的《せつめいてき》すぎない？　こんな会話《かいわ》、不自然《ふしぜん》だし、犯人《はんにん》もきっとあやしむんじゃないかな」

私《わたし》はぼそっとつぶやいたんだけど、颯太《そうた》にぎろりとにらまれた。

だったらおまえが書《か》けよ、って言《い》われても、私《わたし》には書《か》けないしね。

でも、本当《ほんとう》にこんなんでおびきよせられるのかなぁ。

私《わたし》と颯太《そうた》は、遊戯室《ゆうぎしつ》の倉庫《そうこ》の中《なか》で、身《み》を潜《ひそ》めて待《ま》っていた。

「ねえねえ、颯太《そうた》。何《なん》で、クリスマス会《かい》は明日《あした》なのに、今日《きょう》の10時《じ》からって言《い》ったの？」

小声《こごえ》でたずねると、

「そういうふうに言《い》えば、今日《きょう》の10時《じ》までに絶対《ぜったい》にここに来《く》るだろ？　そうでなければ、今夜《こんや》、一晩中《ひとばんじゅう》ここで見張《みは》ることになる。そんなの、眠《ねむ》くてやってらんねーよ」

とかえってきた。

たしかに。

夜通《よどお》しここで見張《みは》るわけにはいかないよね！

10時《じ》まではみんな園庭《えんてい》で運動《うんどう》の時間《じかん》、というのは本当《ほんとう》のこと。

それまでは、誰《だれ》も遊戯室《ゆうぎしつ》を使《つか》わない。

園庭《えんてい》からは、「ふらふらフラミンゴマーチ」の歌《うた》が聞《き》こえてくる。チビッ子《こ》たちに大人《だいにん》気《き》の体操《たいそう》の歌《うた》なんだよ。

じゃっ、じゃっ、じゃっ、じゃっ……。

開《あ》けっ放《ぱな》しにしてある窓《まど》の外《そと》から、砂利《じゃり》をふみしめる音《おと》が聞《き》こえてきた。

——来《き》た！

私《わたし》と颯太《そうた》は、かたずをのんで、倉庫《そうこ》の扉《とびら》のすきまから、遊戯室《ゆうぎしつ》の中《なか》の様子《ようす》をのぞいた。

「でもさあ、何《なん》かあやしくなかった？　ふつう、あんな会話《かいわ》するか？」

「言《い》われてみれば不自然《ふしぜん》な気《き》もしたけど……」

「盗聴器《とうちょうき》のことがバレて、わざと聞《き》かせるつもりで言《い》ったようにしか思《おも》えないんだよな、あの会話《かいわ》」

「でも、子《こ》どもの声《こえ》だっただろ？　ガキがそんな頭《あたま》が回《まわ》るわけないし、考《かんが》えすぎだって」

男性二人組《だんせいふたりぐみ》は、廊下《ろうか》からではなくて、建物《たてもの》の外《そと》から近《ちか》づいている。

「ラッキー。窓《まど》、開《あ》いてる」

一人《ひとり》が、軽《かる》い身《み》のこなしで、窓《まど》を乗《の》りこえて中《なか》に入《はい》ってきた。

つづいて、もう一人《ひとり》も。

こらっ！

土足《どそく》で入《はい》っちゃやだめじゃん！

遊戯室《ゆうぎしつ》に入《はい》る時《とき》は、ちゃんとくつを脱《ぬ》がないと！

あとで先生《せんせい》がふきそうじをしなくちゃいけないってこと、絶対《ぜったい》に考《かんが》えてないよね！

オーナメントを盗《ぬす》んだこといい、ほんと、何《なに》もかもが許《ゆる》せない……！

ぐぬぬぬ……と、私《わたし》はきつくこぶしをにぎりしめながら、倉庫《そうこ》の扉《とびら》のすきまから中《なか》の様《よう》子《す》をのぞきつづけた。

二人《ふたり》は、私《わたし》たちに背《せ》をむけて、慣《な》れた足取《あしど》りで遊戯室《ゆうぎしつ》を横切《よこぎ》り、ツリーに近《ちか》づいていく。

じり、じり、じり……と、音《おと》を立《た》てずにそっと、颯太《そうた》が倉庫《そうこ》の扉《とびら》をゆっくりと開《あ》けた。

男《おとこ》たちはそのことには気《き》づかず、ツリーのそばまで行《い》くと、体《からだ》をのけぞらせて大声《おおごえ》をあげた。

「お、おい、どういうことだ！　オーナメントが一《ひと》つもない！」

「ちっ。やっぱり罠《わな》だったのか。にげるぞ！」

男性二人組《だんせいふたりぐみ》は、舌打《したう》ちをして、くるりと振《ふ》りむき、窓《まど》にむかって走《はし》りだした。

「にがすかよ！」

颯太《そうた》が床《ゆか》を蹴《け》って、倉庫《そうこ》からかけだした。

そして、犯人《はんにん》たちよりも一瞬早《いっしゅんはや》く窓《まど》に飛《と》びつくと、ぴしゃっ！

音《おと》を立《た》てて窓《まど》を閉《し》めた。

でも犯人《はんにん》たちはすぐに身《み》を翻《ひるがえ》し、

「あっちから出《で》るぞ！」

と、遊戯室《ゆうぎしつ》のドアを指《さ》した。

「実咲《みさき》！」

颯太《そうた》に言《い》われる前《まえ》から、私《わたし》はすでに、ドアにむかって全力《ぜんりょく》でかけだしていた。

さっきの颯太《そうた》がやったみたいに、私《わたし》も犯人《はんにん》たちより先《さき》にドアについて、かっこよく扉《とびら》を閉《し》めたかったんだけど――。

ずべっ。

何《なに》もないところで、派手《はで》にすっころんでしまった。

ほら、遊戯室《ゆうぎしつ》に入《はい》る前《まえ》にくつをぬぐじゃない？

くつしたってすべるんだよね！

しょうがないじゃない！

ともあれ、ころんだ拍子《ひょうし》に、足《あし》でツリーをけっとばしてしまったみたいで――。

見上《みあ》げると、大《おお》きなツリーが、ぐらりとかしいで、私《わたし》にむかって倒《たお》れてくるところだった。

わわわ、あぶない！

このままじゃ、私《わたし》に直撃《ちょくげき》する！

私《わたし》はあわてて飛《と》びのいた。

間一髪《かんいっぱつ》、ツリーは、ほんの一瞬前《いっしゅんまえ》まで私《わたし》がいた場所《ばしょ》を、重《おも》い音《おと》を立《た》てて打《う》ちすえた。

「うぐっ！」

「あががっ！」

と同時《どうじ》に、苦《くる》しそうなうめき声《ごえ》が二人分《ふたりぶん》、同時《どうじ》に聞《き》こえた。

見《み》ると、男性二人組《だんせいふたりぐみ》が、ツリーの下敷《したじ》きになっている。

「実咲《みさき》、ナイス！」

颯太《そうた》が私《わたし》にむけて親指《おやゆび》を立《た》てた。

「ツリーを倒《たお》してこいつらをつかまえるとは、よく思《おも》いついたな」

「う、うん。まあね。さすが私《わたし》よね。あはは！」

まさか、くつしたですべってころんだらたまたまツリーが倒《たお》れてきた、なんて今《いま》さら言《い》えない。

颯太《そうた》は、倉庫《そうこ》からなわとびを何本《なんぼん》か持《も》ってくると、犯人《はんにん》がにげないよう、ぐるぐる巻《ま》きにした。

「すごい物音《ものおと》がしたけど何《なに》か――まぁ！　何《なん》てこと！」

たまたま遊戯室《ゆうぎしつ》の前《まえ》をとおりかかったらしい久野先生《くのせんせい》は、この状況《じょうきょう》を見《み》ると目《め》を丸《まる》くした。

先生《せんせい》と手《て》をつないでいたのは、何《なん》と、ちなつちゃん！

トイレにつれていった帰《かえ》りなんだって。

ちなつちゃんは、入《い》り口《ぐち》をふさぐようにして横《よこ》たわるツリーを見《み》て、

「ちゅりーで、とおせんぼ！」

と叫《さけ》んだ。

あっ。

ちなつちゃんが見《み》た未来《みらい》って、このことだったんだね！

私《わたし》と颯太《そうた》は顔《かお》を見合《みあ》わせ、笑《え》みをかわした。

＊＊＊

久野先生《くのせんせい》は、ちなつちゃんを園庭《えんてい》につれていくと、すぐに遊戯室《ゆうぎしつ》にもどってきた。

ついでに警察《けいさつ》にも通報《つうほう》したみたい。

それを聞《き》いて、二人組《ふたりぐみ》はもう観念《かんねん》したのか、にげだすそぶりもなく、おとなしくうなだれていた。

久野先生《くのせんせい》と颯太《そうた》と私《わたし》は、男性二人組《だんせいふたりぐみ》をかこみ、ことのあらましを聞《き》きだした。

男性二人組《だんせいふたりぐみ》のねらいは、昨夜《さくや》、私《わたし》と颯太《そうた》が考《かんが》えたとおり、アレキサンドライトだった。

そのために、宅配業者《たくはいぎょうしゃ》のふりをして幼稚園《ようちえん》に大量《たいりょう》のパーツを届《とど》けたらしい。

「遊戯室《ゆうぎしつ》の外《そと》の室外機《しつがいき》のところで何《なに》かしてたみたいだけど、あれは何《なに》をやってたんだ？」

防犯《ぼうはん》カメラの映像《えいぞう》を思《おも》い出《だ》しているのか、颯太《そうた》が眉間《みけん》にしわをよせてうつむきながら、二人組《ふたりぐみ》にたずねた。

「そんなことまで調査済《ちょうさず》みってわけか」

「エアコンが故障《こしょう》したと思《おも》わせるために、室外機《しつがいき》の吹《ふ》き出《だ》し口《ぐち》に布《ぬの》をあてておいたんだ」

エアコンの室外機《しつがいき》に細工《さいく》をして、故障《こしょう》したように見《み》せかけることができれば、エアコン修理業者《しゅうりぎょうしゃ》として中《なか》に入《はい》れる。室外機《しつがいき》のどこにどんな布《ぬの》をかぶせれば故障《こしょう》したと思《おも》わせることができるのか、私《わたし》にはよくわからないけど。颯太《そうた》と久野先生《くのせんせい》には、理屈《りくつ》がわかったみたい。

「なるほど。熱交換《ねつこうかん》ができないようフィルターに布《ぬの》をかければ、冷却機能《れいきゃくきのう》が落《お》ちるもんな」

「エアコンが故障《こしょう》したと聞《き》いて、室外機《しつがいき》のまわりも確認《かくにん》したんですけどね。フィルターに目立《めだ》たない布《ぬの》を貼《は》られていたとは、気《き》づきませんでした」

作戦《さくせん》が成功《せいこう》し、二人組《ふたりぐみ》は、エアコン修理業者《しゅうりぎょうしゃ》として堂々《どうどう》と遊戯室《ゆうぎしつ》に入《はい》ることができたってわけ。

「でも、遊戯室《ゆうぎしつ》は鍵《かぎ》がかかっているのに、どうやって出入《でい》りしてたんだ？」

颯太《そうた》がたずねると、

「あの穴《あな》に細工《さいく》を施《ほどこ》しておいたんだ」

ミサンガをしている方《ほう》の男性《だんせい》が、天井近《てんじょうちか》くのかべを指《さ》した。

かべにはエアコンの配管《はいかん》をとおすための穴《あな》があけられている。その穴《あな》の部分《ぶぶん》に、細《ほそ》いワイヤーをとおしていたという。

そのワイヤーの先《さき》を窓《まど》の鍵《かぎ》に引《ひ》っかけて、建物《たてもの》の外《そと》からでも鍵《かぎ》を解錠《かいじょう》できるように細工《さいく》していたらしい。

なるほど、と颯太《そうた》と久野先生《くのせんせい》は納得《なっとく》してるけど……。

私《わたし》は、はっきり言《い》って、この人《ひと》たちが室外機《しつがいき》のところで何《なに》をしていたかとか、どうやって鍵《かぎ》を開《あ》けて中《なか》に忍《しの》びこんでいたのかとか、そんなことはどうでもよかった。

「エアコン修理業者《しゅうりぎょうしゃ》のふりをしてここに入《はい》ってきた時《とき》、おチビたちが飾《かざ》りつけしているのを見《み》たんですよね？　盗聴器《とうちょうき》はその時《とき》にとりつけたんですよね？　ってことは、オーナメントがなくなったことに気《き》づいた日《ひ》、おチビたちがどれだけ悲《かな》しんで、泣《な》いていたか、聞《き》いていたんですよね!?　それなのに、オーナメントをかえそうって気《き》にならなかったたんですか？　盗《ぬす》んだオーナメントには、目当《めあ》ての宝石《ほうせき》はなかったんですよね？　それに気《き》づいた時《とき》に、せめてオーナメントだけでもかえしてあげようって思《おも》わなかったんですか!?」

話《はな》すうちに怒《いか》りがこみあげて、私《わたし》の声《こえ》は次第《しだい》に高《たか》まっていた。

颯太《そうた》はじっと私《わたし》を見《み》つめている。

男性二人組《だんせいふたりぐみ》は、私《わたし》が突然感情的《とつぜんかんじょうてき》にまくしたてはじめたものだから、たじろいでいる様子《ようす》だった。一人《ひとり》がもう一人《ひとり》を見《み》て、何《なに》か言《い》いわけを探《さが》そうとするかのように目《め》を泳《およ》がせた。

「お、おれたちは、別《べつ》に、おチビたちを悲《かな》しませるつもりは……」

やっと片方《かたほう》の男性《だんせい》が口《くち》をひらいたけど、それは、火《ひ》に油《あぶら》を注《そそ》いだだけだった。

「悲《かな》しませるつもりがなかったなら、なんで、せめてオーナメントをすぐにかえしてくれなかったんですか!?」

「うっ……」

「それは……」

何《なに》も言《い》いかえせるはずもなく、男性二人組《だんせいふたりぐみ》はうなだれている。

私《わたし》は深《ふか》く息《いき》を吸《す》いこんだ。

「あのオーナメントは、言《い》ってみれば、ただの画用紙《がようし》におチビたちがおえかきをしたりプラスチックパーツを貼《は》ったりしただけのもので、あなたたちにとっては何《なん》の価値《かち》もないかもしれません。でも、あの子《こ》たちや、あの子《こ》たちの家族《かぞく》にとっては、どんな宝石《ほうせき》よりも値《ね》打《う》ちのあるものなんです！　アレキサンダーだか何《なん》だか知《し》らないけど、そんなくだらないものなんかよりも、よっぽど、よっぽど、価値《かち》のある、尊《とうと》いものなんです！」

できあがったオーナメントを、うれしそうに見《み》せてくれたおチビたちの笑顔《えがお》。

オーナメントがなくなった日《ひ》、すっぱだかのツリーを見《み》て泣《な》きわめいたり、ぼうぜんと見上《みあ》げていたりしたおチビたち。

夜泣《よな》きするほど悲《かな》しんでいた、ちなつちゃんの涙《なみだ》。

思《おも》い出《だ》すほどに、悲《かな》しさと悔《くや》しさに胸《むね》をしめつけられ、私《わたし》の視界《しかい》が涙《なみだ》でにじんだ。

男性二人組《だんせいふたりぐみ》は罪悪感《ざいあくかん》にさいなまれているのか、うつむき、だまりこんだ。

「あの子《こ》たちのオーナメントは、今《いま》はどこにあるんですか？　もう捨《す》てちゃったんですか？」

私《わたし》がたずねると、男性二人《だんせいふたり》のうちの一人《ひとり》がゆっくりと顔《かお》を上《あ》げた。心《こころ》なしか、目《め》がうるんでいる。

オーナメントにこめられたおチビたちの思《おも》いを知《し》って、自分《じぶん》たちがしたことが、どんなにあの子《こ》たちの思《おも》いを踏《ふ》みにじる行為《こうい》だったのか、やっとわかったみたい。

「オーナメントは……捨《す》てたといえば捨《す》てたけど、まだ捨《す》てないといえば捨《す》ててない。全部《ぜんぶ》、ビニール袋《ぶくろ》に入《い》れて、公園《こうえん》の植木《うえき》のかげに置《お》いてある」

どこの公園《こうえん》!?

って聞《き》こうとしたら、もう一人《ひとり》の男性《だんせい》がつづけた。

「悪《わる》かった。おれたちは宝石《ほうせき》のことしか考《かんが》えてなかった。宝石以外《ほうせきいがい》のものにどんな価値《かち》があるかなんて、考《かんが》えてもなかった。――オーナメントなら、たぶん、まだあそこの公園《こうえん》にあると思《おも》う」

聞《き》けば、この幼稚園《ようちえん》からほんの百《ひゃく》メートルほどはなれたところにある児童公園《じどうこうえん》に、オーナメントを入《い》れた袋《ふくろ》があるみたい。

そこに行《い》けば、みんなのオーナメントがまだあるかもしれない！

そう思《おも》うといてもたってもいられなくて、私《わたし》は、はじかれるようにして立《た》ち上《あ》がった。
遊戯室《ゆうぎしつ》から飛《と》びだすと、颯太《そうた》も私《わたし》のあとにつづいて、ついてきてくれた。

エピローグ

二人組《ふたりぐみ》が言《い》ったとおり、公園《こうえん》の植木《うえき》をつぶさに捜《さが》していたら、植《う》え込《こ》みの間《あいだ》に白《しろ》くて大《おお》きなビニール袋《ぶくろ》が押《お》しこめられているのが見《み》つかった。

中《なか》には、オーナメントがどっさり入《はい》っている。

「よかった……！」

昨夜《さくや》の雪《ゆき》で、袋《ふくろ》の外《そと》はぬれていたけど、中《なか》は無事《ぶじ》だった。

中《なか》には折《お》れ曲《ま》がっちゃったものもあるけど……でも、みんなの思《おも》いがたっぷりつまったオーナメント、見《み》つかってよかった！

私《わたし》と颯太《そうた》は、ビニール袋《ぶくろ》を持《も》って、幼稚園《ようちえん》にもどった。

幼稚園《ようちえん》には、もう警察《けいさつ》が到着《とうちゃく》していて、二人組《ふたりぐみ》が連《つ》れだされていくところだった。

大《おお》きなビニール袋《ぶくろ》を肩《かた》にかついで、私《わたし》たちが遊戯室《ゆうぎしつ》にむかって歩《ある》いていると、園児《えんじ》たちがわらわらと集《あつ》まってきた。

「それ、なあに？」

「なにがはいってるの？」

「おおきなふくろ、サンタさんみたい！」

教室《きょうしつ》から出《で》てきたおチビたちが、私《わたし》と颯太《そうた》を取《と》りかこむ。

ひよこ組《ぐみ》の子《こ》たちも集《あつ》まってきた。

「ちゃきちゃんがさんたさん！」

ちなつちゃんも、私《わたし》が袋《ふくろ》をかついでいる姿《すがた》を見《み》て、うれしそうに声《こえ》をあげた。

そっか！

私《わたし》がサンタさんって、どういうことだろうって不思議《ふしぎ》に思《おも》ってたんだけど、こういうことだったんだね！

「ねえねえ、さんたさん、ぷれぜんともってきたの？」

スミレちゃんも、目《め》をキラキラさせて私《わたし》と颯太《そうた》を見《み》つめている。

私《わたし》は得意《とくい》になって、

「ふふふ。中身《なかみ》、見《み》てみたい？」

と、もったいつけてみんなを見回《みまわ》した。

「うん！　みたいー！」

「じゃあ、開《あ》けるよ。じゃじゃじゃじゃーん！」

私《わたし》と颯太《そうた》が同時《どうじ》に袋《ふくろ》を開《あ》けると、

「わー！　オーナメントだ！」

「ぼくのオーナメント！」

「みつかったの？　すごーい！」

「ねえねえ、どこにあったの!?」

とたんに大騒《おおさわ》ぎ。

みんな袋《ふくろ》に頭《あたま》をつっこみ、中《なか》から自分《じぶん》のオーナメントを見《み》つけようとしはじめた。

「みんな、一度《いちど》に見《み》つけるのは無理《むり》よ。順番《じゅんばん》、順番《じゅんばん》」

エリコ先生《せんせい》がおチビたちをかきわけ、私《わたし》たちのもとへ来《き》た。

「もっと広《ひろ》いところで、そうね、遊戯室《ゆうぎしつ》で、この中身《なかみ》を全部出《ぜんぶだ》して、クラスごとに仕分《しわ》けしたらみんなのところに届《とど》けます。それまでみんなは教室《きょうしつ》で待《ま》っていてくださいね」

エリコ先生《せんせい》がてきぱきと指示《しじ》を出《だ》すと、おチビたちは案外《あんがい》みんな素直《すなお》に、

「はーい」

と返事《へんじ》をして、教室《きょうしつ》にもどっていった。


「聞《き》いたわよ。お手柄《てがら》だったらしいじゃない」

遊戯室《ゆうぎしつ》につくと、警官姿《けいかんすがた》のスミレちゃんのママが笑顔《えがお》で出迎《でむか》えてくれた。

スミレちゃんのママは、警察官《けいさつかん》なの。

「配達員《はいたついん》がニセモノだって見《み》やぶったんだってね。すごいじゃない！」

「それを見《み》やぶったのは、ちなつちゃんなんです」

私《わたし》はまるで自分《じぶん》が褒《ほ》められたみたいにうれしくなって、胸《むね》を張《は》った。

「えっ!?　そうだったの!?　さすがちなつちゃん。やるわねぇ」

防犯《ぼうはん》カメラの映像《えいぞう》を見《み》たちなつちゃんが、「ごっちんした人《ひと》」と配達員《はいたついん》が同一人物《どういつじんぶつ》だと気《き》づいたことを話《はな》したら、スミレちゃんのママがしきりに感心《かんしん》していた。

その日《ひ》、お迎《むか》えの時間《じかん》になると、おうちの人《ひと》と一緒《いっしょ》にオーナメントを二《ふた》つ、飾《かざ》りつけることになった。

「ねえねえ、どうやってオーナメントを取《と》りもどしたの？」

年長児《ねんちょうじ》が園長先生《えんちょうせんせい》にたずねているのが聞《き》こえる。

「サンタさんが、みんなのオーナメントを見《み》つけてくれたのかもしれないわね」

園長先生《えんちょうせんせい》はそう答《こた》えると、遊戯室《ゆうぎしつ》のすみにいる私《わたし》と颯太《そうた》をふりむき、すばやくウィンクをした。

「しゅっごーい！　**さんたさん、きてくれたね！**」

園長先生《えんちょうせんせい》のセリフを聞《き》いて、ちなつちゃんが目《め》をキラキラさせた。

例年《れいねん》の倍《ばい》の数《かず》があるから、どの枝《えだ》もぎゅうぎゅうづめ！

「おれ、こんなにオーナメントがいっぱい飾《かざ》られてるド派手《はで》なツリー、はじめて見《み》た」

「ド派手《はで》じゃなくて、にぎやかって言《い》いなよ。――ちなつちゃん、どこに飾《かざ》るか、決《き》めた？」

「うーん、うーん、どこにちようかな」

「早《はや》く決《き》めないと、飾《かざ》る場所《ばしょ》がなくなるぞ」

「颯太《そうた》、せかさないであげて！」

ちなつちゃんが、オーナメントを飾《かざ》る場所《ばしょ》をなかなか決《き》められなくて迷《まよ》ってるのを、私《わたし》と颯太《そうた》は、根気《こんき》よく待《ま》った。

みんなのオーナメントは無事《ぶじ》手《て》もとにもどって、こうやってツリーに飾《かざ》られてるんだけど、ちなつちゃんとスミレちゃんは、一《ひと》つだけ問題《もんだい》があったの。

二人《ふたり》が作《つく》った雪《ゆき》だるまのオーナメントには、盗品《とうひん》の宝石《ほうせき》が使《つか》われていたから、警察《けいさつ》の人《ひと》が持《も》って行《い》っちゃったの。

だから二人《ふたり》は、オーナメントが一《ひと》つしかない。

はじめは、他《ほか》のみんなは二《ふた》つ飾《かざ》るのに、ちなつちゃんとスミレちゃんだけ一《ひと》つしか飾《かざ》れないの、かわいそう。って思《おも》ってたけど。

今《いま》となっては、一《ひと》つだけでよかったって思《おも》ってる。

一《ひと》つ飾《かざ》るだけでもこんなに時間《じかん》がかかるなら、二《ふた》つあったら日《ひ》が暮《く》れちゃうところだったよね！

「ねえねえ、ちゃきちゃん。といれ。これ、もってて」

「いいよ」

ちなつちゃんは、私《わたし》にオーナメントを渡《わた》すとトイレに行《い》った。

私《わたし》は、ちなつちゃんから渡《わた》されたドーナツのオーナメントをなにげなくながめていた。

すると、裏側《うらがわ》に何《なに》やら文字《もじ》が書《か》いてあるのが見《み》えた。

さゃささゃん

だいすさ

さなつ

「お、何《なに》か書《か》いてあるじゃん。そういえばオーナメントに願《ねが》いごとを書《か》くって言《い》ってたもんな。あいつ、何《なに》を書《か》いたんだ」

颯太《そうた》が、オーナメントをひょいっとのぞきこんだ。

「ははっ！　これ、お願《ねが》いごとじゃねえし！　おまえへのラブレターじゃん」

ちなつちゃんが書《か》いた、たどたどしい文字《もじ》を見《み》て、颯太《そうた》はやさしく目《め》を細《ほそ》めた。

「うん」

「ははは。あいつ、『ち』も『き』も全部《ぜんぶ》『さ』になってるな」

「うん」

「おまえ、愛《あい》されてるな」

「……うん」

じんわりと熱《あつ》いものがこみあげて、目《め》じりに涙《なみだ》がにじんだ。

ちなつちゃんが夜泣《よな》きしてまで、取《と》りもどしたかったオーナメント。

よっぽどかなえたいお願《ねが》いごとを書《か》いたのかなと思《おも》ってたけど。

まさか私《わたし》へのお手紙《てがみ》だったなんて！

「たっだいまー！」

ちなつちゃんがトイレからごきげんでもどってきた。

ちなつちゃんの笑顔《えがお》を見《み》ると、私《わたし》はたまらない気持《きも》ちになって――。

「ちなつちゃん、大好《だいす》きだよ！」

「なっちゃんも！　ちゃきちゃん、だーいしゅき！」

「「ぎゅーっ！」」

私《わたし》はぎゅっとちなつちゃんを抱《だ》きしめた。

「きめた！　なっちゃん、あそこにする！」

やっと飾《かざ》る場所《ばしょ》を決《き》めたらしいちなつちゃん、背伸《せの》びをして、ツリーの上《うえ》の方《ほう》を指《さ》した。

「いいところ見《み》つけたね！　じゃあ、抱《だ》っこしてあげるから、しっかりかけるんだよ」

私《わたし》はちなつちゃんを前《まえ》むきに抱《だ》っこした。

ちなつちゃんは手《て》を伸《の》ばし、目当《めあ》ての枝《えだ》にオーナメントをひっかけた。

「わーい！　みて、みて！　なっちゃんのどーなつ！　きらきら！」

枝《えだ》にかかったドーナツのオーナメントを見《み》て、ちなつちゃんはご満悦《まんえつ》。

「ちゃきちゃん。ちゅりー、きらきら、いっぱいだね！」

「うん。キラキラでいっぱいだね」

「きれいだね！」

「うん。きれいだね」

「さんたさん、まよわないかな」

「うん。こんなにキラキラだもん。きっと、迷《まよ》わずに来《き》てくれるね！」

「さんたさん、きっときてくれるね！」

遊戯室《ゆうぎしつ》からの帰《かえ》り道《みち》、私《わたし》と颯太《そうた》は、ちなつちゃんをはさんで手《て》をつなぎ、ゆっくりと帰《かえ》ったのだった。

あとがき

こんちくわ！　今回《こんかい》のおチビは、クリスマスの話《はなし》です。なので、少《すこ》し気《き》が早《はや》いけど、クリスマスの話《はなし》をさせてください。

結婚《けっこん》して初《はじ》めてのクリスマス、私《わたし》たち夫婦《ふうふ》は、大《おお》きなクリスマスツリーを買《か》いました。てっぺんに星《ほし》を飾《かざ》れば天井《てんじょう》につかえてしまいそうなほどの、大《おお》きなツリーです。

その年《とし》、私《わたし》たちは、オーナメントを1種類《しゅるい》だけ買《か》って、二人《ふたり》で仲良《なかよ》く飾《かざ》りつけました。これから毎年《まいとし》、1種類《しゅるい》ずつ増《ふ》やしていこうね、と約束《やくそく》をして。

その後《ご》、クリスマスの時期《じき》が近《ちか》づくたび、私《わたし》たちはあちこちに出《で》かけて、その年《とし》のオーナメントを1種類選《しゅるいえら》んで、増《ふ》やしていきました。子《こ》どもが生《う》まれて、家族《かぞく》が3人《にん》になり、4人《にん》になり、5人《にん》になっても、毎年《まいとし》1種類《しゅるい》ずつ、家族《かぞく》みんなで選《えら》んで増《ふ》やしていきました。

いつの頃《ころ》からか、オーナメントは、買《か》わずに自分《じぶん》たちで作《つく》るようになりました。樹脂粘土《じゅしねんど》や陶《とう》製《せい》のプレート、木片《もくへん》などを使《つか》って、毎年工夫《まいとしくふう》をこらして家族《かぞく》みんなで作《つく》っています。自分《じぶん》でいうのもなんですが、とってもすてきで、売《う》り物《もの》さながらに本格的《ほんかくてき》なんですよ！

今《いま》ではもう、オーナメントを吊《つ》り下《さ》げる場所《ばしょ》を見《み》つけるのが難《むずか》しくなるほどに、とてもにぎやかになりました。結婚一年目《けっこんいちねんめ》の時《とき》の、あのさびしかったツリーがうそのようです。

毎年《まいとし》、リビングの端《はし》でそびえたつにぎやかなツリーを眺《なが》めるたび、私《わたし》は、我《わ》が家《や》の軌跡《きせき》を感《かん》じて胸《むね》がいっぱいになります。

おひさま幼稚園《ようちえん》では、キラキラのクリスマスツリーを目印《めじるし》にサンタさんが来《き》てくれて、オーナメントにたくさされた願《ねが》いごとをかなえてくれるそうです。

私《わたし》の願《ねが》いごともかなえてもらえるでしょうか。

『おチビがうちにやってきた！』第《だい》12巻《かん》でも、みなさんとまた会《あ》えますように。

それが、今《いま》の私《わたし》のいちばんの願《ねが》いごとです！

みなさんのもとにも、サンタさんがきて、たくさんの幸《しあわ》せを届《とど》けてくれますように。

感謝《かんしゃ》の気持《きも》ちをこめて　柴野理奈子《しばのりなこ》

※柴野理奈子先生《しばのりなこせんせい》へのお手紙《てがみ》はこちらに送《おく》ってください。
〒101―8050　東京都千代田区一ツ橋《とうきょうとちよだくひとつばし》2―5―10
集英社《しゅうえいしゃ》みらい文庫編集部《ぶんこへんしゅうぶ》　柴野理奈子先生《しばのりなこせんせい》

あとがき

みんな！いつも応援《おうえん》ありがとね☆
みんなのお〜かげ〜で〜
11巻《かん》まで出せたよ！本当《ほんとう》にありがとう！(;〜;)
これからもよろしくね！！
福きつね

集英社みらい文庫

おチビがうちにやってきた!

ないしょのサンタさんと消《き》えたオーナメントのナゾ

柴野理奈子《しばのりなこ》 作
福《ふく》きつね 絵

ファンレターのあて先
〒101-8050 東京都千代田区一ツ橋2-5-10 集英社みらい文庫編集部
いただいたお便りは編集部から先生におわたしいたします。

2024年9月30日 第1刷発行

発行者 今井孝昭
発行所 株式会社 集英社
〒101-8050 東京都千代田区一ツ橋2-5-10
電話 編集部 03-3230-6246
読者係 03-3230-6080
販売部 03-3230-6393(書店専用)
https://miraibunko.jp
装丁 中島由佳理
印刷 TOPPAN株式会社
製本 TOPPAN株式会社

ISBN978-4-08-321869-9 C8293 N.D.C.913 188P 18cm

「みらい文庫《ぶんこ》」読者《どくしゃ》のみなさんへ

言葉《ことば》を学《まな》ぶ、感性《かんせい》を磨《みが》く、創造力《そうぞうりょく》を育《はぐく》む……、読書《どくしょ》は「人間力《にんげんりょく》」を高《たか》めるために欠《か》かせません。

たった一枚《いちまい》のページをめくる向《む》こう側《がわ》に、未知《みち》の世界《せかい》、ドキドキのみらいが無限《むげん》に広《ひろ》がっている。

これこそが「本《ほん》」だけが持《も》っているパワーです。

学校《がっこう》の朝《あさ》の読書《どくしょ》に、休《やす》み時間《じかん》に、放課後《ほうかご》に……。いつでも、どこでも、すぐに続《つづ》きを読《よ》みたくなるような、魅力《みりょく》に溢《あふ》れる本《ほん》をたくさん揃《そろ》えていきたい。読書《どくしょ》がくれる、心《こころ》がきらきらしたり胸《むね》がきゅんとする瞬間《しゅんかん》を体験《たいけん》してほしい、楽《たの》しんでほしい。みらいの日本《にほん》、そして世界《せかい》を担《にな》うみなさんが、やがて大人《おとな》になった時《とき》、「読書《どくしょ》の魅力《みりょく》を初《はじ》めて知《し》った本《ほん》」「自分《じぶん》のおこづかいで初《はじ》めて買《か》った一冊《いっさつ》」と思《おも》い出《だ》してくれるような作品《さくひん》を一所懸命《いっしょけんめい》、大切《たいせつ》に創《つく》っていきたい。

そんないっぱいの想《おも》いを込《こ》めながら、作家《さっか》の先生方《せんせいがた》と一緒《いっしょ》に、私《わたし》たちは素敵《すてき》な本作《ほんづく》りを続《つづ》けていきます。「みらい文庫《ぶんこ》」は、無限《むげん》の宇宙《うちゅう》に浮《う》かぶ星《ほし》のように、夢《ゆめ》をたたえ輝《かがや》きながら、次々《つぎつぎ》と新《あたら》しく生《う》まれ続《つづ》けます。

本《ほん》を持《も》つ、その手《て》の中《なか》に、ドキドキするみらい――。

本《ほん》の宇宙《うちゅう》から、自分《じぶん》だけの健《すこ》やかな空想力《くうそうりょく》を育《そだ》て、〝みらいの星《ほし》〟をたくさん見《み》つけてください。

そして、大切《たいせつ》なこと、大切《たいせつ》な人《ひと》をきちんと守《まも》る、強《つよ》くて、やさしい大人《おとな》になってくれることを心《こころ》から願《ねが》っています。

２０１１年《ねん》　春《はる》

集英社《しゅうえいしゃ》みらい文庫編集部《ぶんこへんしゅうぶ》